CONTOS CANHOTOS

Pizzarelli na danceteria
e outras histórias

Fernando Marques

Contos Canhotos

Pizzarelli na danceteria
e outras histórias

L·G·E
EDITORA

Brasília, 2010

LGE Editora Ltda. SIA Trecho 03 Lote 1760
CEP 71200-030 – Brasília-DF
Tel.: 61 3362-0008 – Fax: 61 3233-3771
lgeeditora@lgeeditora.com.br
www.lgeeditora.com.br • www.lojalge.com.br

Editor
Antonio Carlos A. Navarro

Autor
Fernando Marques

Capa e projeto gráfico
Samuel Tabosa de Castro

Impressão e acabamento
LGE Editora Ltda. / Brasília-DF

Dados Internacionais de Catalogação na Publicação (CIP)

Marques, Fernando.
Contos canhotos: Pizzarelli na danceteria e outras histórias. Fernando Marques. Posfácio de Ligia Cademartori. – Brasília : LGE, 2010.
124 p. 21 cm.

ISBN 978-85-7238-461-2

1. Ficção. 2. Contos brasileiros. I. Cademartori, Ligia. II. Título.

CDU 82-3
82-34

Visite nosso site: www.lgeeditora.com.br

Sumário

Primeiro tempo

Espoliação 9
Pecado 13
Messias 15
Dermatologia 19
Arlete 23
Ouro de mina 27
Café 29
Carrancas 33
Xampu 37
Antes do samba 41
Assim se faz literatura 43
Estudo em vermelho 45
Pernas 49
Reflexões sobre o sexo 53
Os sapatos de Chaplin 57

Segundo tempo

Hilário e o neoliberalismo do amor 65
Noturno 69
Pizzarelli na danceteria 73
No hospital 79
Na delegacia 83
Entre parênteses: reflexões vadias 89
Louco 93
Coisinha 97
Céu 101
Deus por equívoco 103
A pena e a náusea 107
Breve dissertação sobre liberdade e revelia 111

Posfácio: *Olhar à margem* – Ligia Cademartori 115
Sobre os textos 119

PRIMEIRO TEMPO

Espoliação

– A FIM DE FAZER um amorzinho? – o rapaz propõe, suave, de dentro do carro, à profissional da calçada. Não tem um tostão, o otimista.

– Quero grana – a moça, direta, avisa.

Ele sabe com quem está a razão e, após regatear timidamente, resolve ir embora. Quando ela informa:

– Mas minha amiga quer uma carona.

Chama a colega e se afasta; a outra se aproxima do carro. Fala com o dono do automóvel. Pergunta se ele tem, ao menos, o do quarto.

– Nada. Mas posso te levar em casa.

Ela olha para o céu, como se consultasse os astros.

– É rápido? – pensa alto, incerta quanto às vantagens do negócio. Ele toma a pergunta como resposta:

– Entra, vamos – diz, espanando o banco a seu lado.

Tem pouco mais de 20 anos. Liso. O fusca, trunfo e álibi, é do pai.

– Te levo – reforça.

Carona por sexo, o acordo delineado. No caminho, o seguinte papo:

– A prostituta é vista de uma forma negativa – arrisca a sociologia, após puxar o assunto trabalho. – Te incomoda?

– Não – ri a moça. Um trouxa, pressente. O riso que usa – dentes raros – "tem algo estúpido, ignorância autossuficiente", desdenharia ele, mais tarde. Ela ri novamente quando ele fala em Diretas. Fica séria e diz "está certo", certa. Atrás dos olhinhos pretos saca, principalmente, os tipos.

Ela sabe, a gasolina está cara, "tudo é difícil", pegasse um táxi, que fria; por isso, pagará a carona com carinho, como quer o menino.

– Nem tudo é dinheiro, né?

Entram na quadra.

– Ih, se o pessoal vê... – preocupa-se com a reputação. Ah, os vizinhos, o rapaz entende. Ela se agacha, dentro do carro, para que quem esteja à janela não a perceba chegar. Com homem.

Na portaria:

– Você sobe depois.

Segundos após, ele sobe. Será que me engana? A porta. As portas. O andar tem várias. Todas iguais: brancas e fechadas. Os números não dizem nada. Ruído de chaves, tilinta uma esperança: "É aqui". Alguém que dá duas voltas à chave e conversa tem a voz dela.

A campainha. Ele toca.

– Sim? – um homem sem camisa o atende.

– Queria falar com a Cláudia – o nome de guerra, naturalmente.

– Cláudia? – reflete. – Não mora aqui, não.

– Sabe onde ela mora? – incrédulo.

– Não sei. Sou novato nesse bloco – fechando a porta.

Ele desce as escadas.

Pecado

BATE-BOLA DE MENINOS. Bate-boca pela bola:

– Passa a bola, fominha!

O fominha não passa. Arrisca o drible, dá voltas, se enrola, chuta em gol: fora. O outro se irrita:

– Tá vendo? – diz, dentes à mostra. E rosto a rosto: babaca. O fominha devolve:

– É você, otário.

O otário quer brigar. O fominha o empurra, ele tropeça, cai de costas, o baque. Os demais, até ali parados, despertam:

– Bateu a cabeça – forma-se a roda.

Leva a mão ao cabelo do outro, molhado, e nota: sangue.

Correndo pra casa, o tempo some. Na bica, térreo do prédio, lava as mãos, ávido, esquecido das interdições do porteiro Messias, que proíbe o uso da torneira. Messias: a carapinha branca, a memória dos escravos. Ele chega, dentes falam:

– Que foi? – sentindo a agitação do garoto.

– Briga.

O velho ri. Sério quando vê o sangue.

No confessionário:

– Padre.

– Hum.

– Acho que matei um homem.

O padre acorda. Após ouvir a história, pede que volte para terminá-la:

– Não houve nada.

Angústia, sim. No entanto, ele está quase feliz: pela primeira vez tem um pecado de verdade, dos grandes.

Um mês sem ir à rua onde o conflito acontecera. O Sérgio sádico:

– O Dudu tá em coma – saboreia o pânico na sua cara.

Belo dia, vê o amigo à saída do colégio, a mãe do lado. Treme. Mas nem sinal de seu crime. Aproxima-se e, piscando os olhos, dispara o discurso de desculpas. A moça o mede e compreende devagar, surpresa com sua lógica: não só se isenta de culpa como a atribui inteiramente ao outro. Ela, impaciente, corta:

– De morte! Acabam provocando uma desgraça – leva o filho pelo braço.

Em volta, gritos e o corre-corre do pátio.

Messias

– OU O BRASIL ACABA com os canalhas ou eles acabam com o Brasil.

Repetia a fórmula para si próprio, movendo os lábios sem som, enquanto esbarrava, distraído, nos passantes em meio à confusão da rua. Uma ideia fixa: punir os filhos da puta que há cinco séculos desgovernam esta disputadíssima terra de ninguém – esta merda. Punir, ao menos, um deles: o castigo servisse de exemplo para os que ele não poderia tocar com a sua raiva santa, a sua ira abençoada.

– Miséria se lava, se vinga com sangue.

Ele faria discursos, se pudesse. Imporia a voz de tenor sobre a multidão de estropiados, prostitutas, empresários, garis, boys, executivos, donas de casa, biscateiros, mendigos, vadios. Ele falaria aos párias, pais da pátria, gigolôs, traficantes, advogados sem escrúpulos, policiais preguiçosos, estelionatários impunes, macacos velhos da sobrevivência na selva, eles próprios a selva, a selva.

– Meu propósito é civilizador – convencia-se.

Aproximava-se a hora, era o dia d, a hora h, todos os clichês republicanos bailavam em seu peito juvenil, o afeto que se encerra sacolejava naquele coração de redentor – de mártir. Mataria o presidente, símbolo vivo da corrupção toda, um tiro exato no peito lavaria a alma ingênua de milhões de imbecis crédulos crentes em planos messiânicos, em perfis elegantes, talismãs, de ministros que salvariam a pátria, não salvaram, como se um homem pudesse fazê-lo, resolveriam o caos, apenas acumularam problemas e ensinaram a este povo néscio a lição torpe de que todos os homens no poder são pardos.

– Parvos – ele pensava com carinho os passantes, a maioria morena, na rua ensolarada.

Às vezes desconfiado de que lhe notavam, sob a camisa e a calça, o volume da arma, seis balas das quais usaria – esperava – uma só, meses de treino para consegui-lo, sem erros, sem falhas técnicas:

– Alguém tem de ser competente nesta comédia.

Ele seria. Estudara. Sim, ele o mataria. Sabia que o crime – alguns compensam – não mudaria a face das coisas. A cara cansada da pátria, grande puta deitada, ciente de todas as misérias, de todos os clientes. Seria um desabafo, bocejo, vômito, jato de urina ou esperma que alivia, não salva. Último desejo de condenado. Amor de casal que se separa. Homem que sai disseminando a peste, com raiva. Qualquer imagem fala: todo mundo, ao menos uma vez, já quis matar o presidente da República.

Começou a caminhar pela esplanada. Os prédios. A simetria monótona. Mesmo as retas geniais lhe pareciam tortas. Ao fundo, o Congresso Nacional – analfabetos de todos os alfabetos, de todos os tipos, o grande zoológico, mostruário da duvidosa esperteza pátria. A falta de vergonha pátria. A puta que o pariu, sentia-se em casa.

O plano era simples: atingir o presidente – que ele pensava em minúsculas – no instante de troca da bandeira. Começasse a música, sempre a mesma, às quintas-feiras, POU, o disparo seco. Assim como o estilete de prata vence os vampiros, a bala plebeia apressaria o enfarte do que estivesse de serviço.

A pequena multidão roçava a corda de isolamento, queria ver a autoridade máxima. Ele por ali, enfiado no empurra-empurra. No fundo, no estômago, sentia inveja desse homem, e a inveja lhe dava uma raiva ingênua, genuína.

Filha da! A banda ataca o acorde, afinada. O tiro, acertara.

Dermatologia

NO CONSULTÓRIO:

– Pode entrar.

Andava com uma coceirinha chata, fora ver o dermatologista.

– Antecedentes? – o médico, após tê-lo convidado a sentar-se.

Lembrava alguns. Sim, a namorada havia lhe passado a coceirinha – acreditava – que, agora, não passava. Pequenos caroços sob o saco. Debaixo dos braços. Na coxa. Barriga. Por toda parte: coçava.

– Vamos examinar. Entre aqui.

De uma sala a outra; o médico possuía uma voz aguda, ondulada, era atencioso.

– Tire a camisa.

Os braços percorridos pela lupa.

– Coça aqui?

– Mais aqui.

– E aqui?

– Coça.

Isso o excitava.

– Baixe a calça.

Esforçava-se por esconder a ligeira ereção, constrangido. Afastou o pau meio duro e mostrou os carocinhos que o incomodavam.

– Aqui? – o doutor puxava a pele de seu – permitam – escroto.

– Sim.

Podia subir a roupa. Era sarna.

Sentaram-se, de volta à sala em que se iniciara a entrevista. O homem baixo, meio calvo, gordinho continuava a falar do parasita que criava o problema, os modos de evitá-lo, os cuidados. Ele não escutava, a excitação permanecia mesmo sob a ducha daquela fala objetiva.

Na porta:

– Então, até logo. Daqui a uns dias você volta, vamos ver se passou.

A receita na mão. A ousadia de quem salta:

– Posso te fazer uma pergunta?

– Claro.

– Você me examinaria novamente? – acentuou as aspas.

Um curto instante e:

– Vamos lá – a porta, fechada.

Estavam sós.

De novo na sala de exames. O médico olhou-o, autorizando a repetir os gestos que fizera há pouco. Lento, valorizando-se, tirou a camisa. O médico recomeçou a pesquisa. Chegou muito perto, um perto de míope, passou a mão por entre os pelos pretos e crespos de seu peito, procurando suavemente alguma coisa.

– Um instante.

Saiu e voltou com a lente de aumento. "Esse cara é maluco." O novo exame dava-se literal, até com mais minúcia.

– De costas.

O olhar percorrendo de leve seu corpo era de uma energia serena e atenta. Baixou espontaneamente a calça.

– Nas nádegas, nada.

Pausa.

– Agora, vire de frente.

O grande momento. As veias. Os veios. O doutor abaixava-se, safári na áfrica, explorava outra vez a pele do saco, tocava-a com a pontinha dos dedos, num cuidado tenaz, de inseto. O rapaz estendeu a mão – quase misericordioso, afresco renascentista – pousando-a sobre os cabelos ralos e lisos do outro. Este se levantou, reagindo à carícia:

– Pronto, está superexaminado.

Sala-escritório. O ruído da rua entra pelas janelas abertas. Os dois conversam.

Arlete

VAZIO, TÉDIO, sono. Isto são modos de começar um conto? Dois pontos: era uma vez uma mulher de nome Arlete. Certo, por que não Amélia? Mas era Arlete, essa. Estamos no seu apartamento e agimos como insetos que, providos de olhos e consciência, pudessem ver sem ser vistos. As antenas da câmera oculta nalgum lugar desse apartamento, nos limites dele.

Não farejem sexo; não, este conto tampouco forjará um crime, não há disto aqui. Não pula o coração de Arlete, não que esteja morta, Deus me livre, mas bate leve, fraco. Ela espera a vida que não vem – não há? Se não, a que correspondem tantos sentimentos contraditórios – de repente o peito bate forte – no espaço estrito de seu apê de três quartos (Arlete, de fato, mora só e sem grandes grilos financeiros)? Agora podemos vê-la levantando-se da cadeira. Enquanto a televisão berra outro desodorante – este, sim – ela vai até a geladeira onde pega o pão, ao armário onde pega a faca com que corta o pão onde põe o queijo, e come. Sem manteiga. E se Arlete cortasse os pulsos?

Não é de sua índole, embora desespere de vez em quando, é natural, é normal: é. A tevê não supre – nem poderia – nada supre – palavra que ela não usaria – o de que imprecisamente sente falta. Nada serve, nem presta. Cansaço, sair? Sair, tá. Pra onde? Ora, uma mulher sozinha. Senta-se num bar e lá vêm eles, lépidos, crentes que podem tudo, inconscientemente sabem: ávidas de amigos, atenção, homens. O que é natural – e recíproco – assim como os ciclos, a chuva. No entanto, se ela se abrir a um desses pode ser o paraíso como pode ser o inferno, o risco, o supremo tribunal de contas do sexo, onde – ainda? que remédio? – as mulheres, quando em vez, deixam sua explicação, seu álibi, papel ofício, timbrado, espaço dois, tudo tão chato que ela às vezes sonha um mundo sem eles. Sem leis.

Acaba ficando em casa. "Nenhum desejo físico me obriga a nada", pensa, na calma enganosa dos tensos. Sensação estranha a que sente esta senhora, que seria estúpido definir por "solidão", não: um estado de isolamento tal que o dito ego oscila, a própria identidade se duvida; o que somos, rala-se. Há seus pensamentos e os velhos olhos claros no espelho, nenhum sinal do mundo, salvo o ruído remoto dos carros nos eixos que cortam Brasília, que entra, apesar das cortinas.

Um piano. Toca-se hesitantemente Beethoven, "Pour Elise", parece, a milésima vez, não sei, "gostava dessa música, minha mãe aos gritos – isso, aquilo – e eu embevecida, surda, ouvidos sim só para a música, a única, acho, que aprendi sozinha, vitória musical, menina".

"Depois, como se, a um gesto do padre, algo se fechasse", divaga, "casar, ter filhos... A gente os ama tanto quanto os perde. Certo, é inevitável, como posso me queixar, eu – não poderia. A gente se encontra e é aquela festa, mamãe e tal. Que vale? Volto a ficar só, toda vez que os vejo os perco novamente, uma vez mais, pra sempre. Queria companhia, sentido pro meu dia, um desquite – ah, sou tão antiga –, já é como se não servíssemos mais, cumprimos, seremos agora mulher sozinha e ávida num bar com que a gente não se acostuma. Haverá uma espécie de desprezo dos jovens – os outros, novos senhores do mundo – por nós? Ou será impressão minha? Ah, e como se fuma. A gente sai abafada, esbaforida, ingerimos um litro de tóxico, e nada. Por que devia estar feliz? Que merda."

Três por quatro de Arlete, pobre e fora de foco, retrato que, insetos renitentes, sedentos de uma gota do alheio – sangue, neste caso –, captamos; na foto, inoculamos o nada de dúzia e meia de palavras; algo, em última análise.

Pronto o sanduíche – queijo e pão sem manteiga, ela gosta assim –, volta à cadeira em frente à tevê e meneia a cabeça. Come.

Ouro de mina

SEU NOME é Michele Beijochon, travesti.

Diz ser feliz, mesmo se, de vez em quando, garotos a perseguem com pedradas. "Pior", diz Michele, "é em São Paulo", onde matam: "Tchau, viado, descanse em paz". Mas, noutro estado (ela circula), o filho do governador, depois do amor, teria assinado o cheque: "Vai a Paris, vai realizar o teu sonho milionário", falou a voz suave e grave.

Não foi.

Seu pai, militar, talvez o seu modelo de mulher (avesso, como se crê), ela investe transformando o próprio corpo à base de injeções de silicone, para, entre grana e sexo, satisfeita a fantasia dos fregueses, achar o seu amor, seu major – ou seu exército de recos. Ninguém é de ferro, nem ela, ou ele.

"E a saúde?", o poeta, hipócrita, pergunta. "Quem está de fora não entende nada", cansada de conselhos de que não precisa. Ou não suporta? Michele Beijochon quer ser o belo objeto e não aguenta imaginar-se velha. Só sabe não ter chance nas esquinas a não ser com bunda enorme, seios irreais, "os homens gostam", misto de pai e mãe de clientes ansiosos ou entediados.

Ou mais. Apesar da aids.

"Por que, Michele, Beijochon?"

"Beija Ochon", ela corrige, "é separado, meu sobrenome. Sou filha de Ogum", bate, insegura, no peito, "e sou também um homem."

"Nem queira saber o que é Ochon", cheia de mistério. Mas entrega: "É o ouro do cordão que a gente rouba dos otários".

"Eu sou muito infeliz", os braços marcados por gilete. Quem a vê de longe não entende nada.

Café

– O DIRETOR PRECISA de alguém para entregar isto – a secretária passou-lhe o embrulho. Sorriu: – Você pode?

– Claro – disse de má vontade.

Estava convicto de que seu talento não era o de entregar pacotes. Chato. Mas não negaria um favor ao chefe. Naquele mormaço, a tarde toda sem fazer nada, não havia razão para ser ranzinza.

– Posso.

Iria de carro, só teria o trabalho da entrega.

Foi. Ao descer do automóvel:

– Já volto.

Afastou-se do carro, chamou o elevador, subiu, atravessou o corredor, livrou-se do embrulho:

– Obrigado – ouviu.

Missão cumprida, avistou um homem com bandeja nas mãos. “Café?”, pensou efervescendo. E:

– Dá pra arrumar um cafezinho desses, companheiro?

O servente amarrotou a cara:

– Arranja um copo de plástico.

– Certo.

As xícaras, chiques na bandeja, exalavam fumaças aristocráticas. Aquele não era um cafezinho popular. O garçom não podia servi-lo a qualquer um; quebraria o galho.

– Mas rápido – definiu-se o da bandeja – que eu estou com pressa.

Chega o elevador. É um desses aparelhos velhos, enfermiços mas monumentais, com grades que se abrem e se fecham em sanfona e um aviso: os infratores das normas de segurança estarão sujeitos às penas da legislação... A advertência, gravada em metal, ainda explica: os infratores pagarão multa de 500 cruzeiros. Já não se fazem elevadores como antigamente.

Mas chega. O garçom, na pressa de entrar, prende a perna, ou melhor, prende a perna da calça na porta; a bandeja ameaça cair. O rapaz, confuso, não sabe como ajudar. Até quando, oportuno, alguém aperta o botão: o elevador abre as portas de acordeom, fazendo um som e liberando a perna.

– Vem cá – respirou o funcionário, refazendo-se do susto.

Entraram. Entravam pessoas, muitas. O elevador amplo como um vagão. Olhos no teto. Desce. Assobio. Tamborilar. Casquinha. Samba. Sarro. Sussurro. Suborno. Propina. Corrupção? Açúcar. Sim, o açúcar. O rapaz abusa:

– Não tem colher?

Queria uma colher de chá, o sem-vergonha. O servente, humilde, se absolve perante o olhar do povo. E o olhar do povo, mesmo meio distraído, é terrível:

– Já está errado, não pode tomar café no elevador – fala duro, digno, contido.

O outro, na sua imprudência e na sua leviandade, tripudia:

– É café ou nescafé?

Pausa tensa.

– Dá licença – o serviçal toma-lhe o copo e acrescenta: – É veneno.

Carrancas

NO ELEVADOR, sobem quatro homens, três jovens, um senhor. O mais velho vira-se para um dos moços, seu vizinho:

– Não quer subir?

Os jovens são amigos e se entreolham, divertidos.

– Só se for agora – responde o vizinho.

– Ótimo – o velho se alegra.

Passam do andar em que saltariam e vão para o quarto – o andar do senhor.

– Entrem.

A casa asfixiada por móveis e tapetes. Os móveis imitam peças centenárias; as cortinas, escuras e fechadas. Casa como coisa nobre: séria, solene, lúgubre. Em meio a todo aquele século dezenove (há quem goste), dissonantes, indiferentes carrancas.

– E isso?

– Carrancas.

– Não têm nada a ver com o resto – reclama o jovem, incapaz de aguentar uma contradição.

– Gosto delas.

O rapaz, cruel como as crianças:

– Tétricas – exibe a ignorância autoindulgente, como se carrancas pudessem ser angélicas.

Sentam-se no sofá verde-musgo, conversam, enquanto os outros dois passeiam pela sala. O moço apenas pontua, de vez em quando, o discurso do próximo que, a cara amarrotada pelas décadas, esquece trejeitos sedutores e se derrama em queixas. Confuso, o rapaz escuta que o senhor está prestes a perder o emprego. E ouve a história de toda a sua vida. A dor pior, que ele não diz, é a da solidão, crônica. O rosto, vincos fundos e longos, sugere o de alguém que passe o tempo todo tenso, a face contrita como a do pecador arrependido que às vezes, bruscamente, se abre num riso:

– Uísque?

– Não bebo.

Falam. Os outros rapazes, ociosos, exploram o apartamento: vídeos, discos. O jovem, cansado do papo, resolve vingar-se. Costas apoiadas no encosto do sofá, arrisca:

– Se eu fosse você, sabe o que faria?

O outro responde "não" com o rosto.

– Quando estivesse com raiva, jogava essas carrancas fora. Pela janela. As três.

O dono da casa, sabotado, desinteressa-se da conversa. E, pouco depois, os garotos saem.

Dias mais tarde, do apartamento onde mora, no terceiro andar, o jovem ouve o ruído surdo, TUM, algo desaba e bate lá em baixo, TUM, o estrondo oco. Vai à janela e, na calçada em frente ao prédio, vê as carrancas que despencam.

– O que é que você está fazendo? – ele olha para cima.

– Despedido – informa o velho, que chora rindo.

– E daí, ficou maluco? – boca de espanto. O outro está bêbado, bêbado de raiva, e o jovem sente o vento da terceira peça, que lhe passa junto às franjas.

– Seguindo seu conselho – o velho bufa e zune uma quarta e inesperada escultura.

Lânguido, de repente doce, ri:

– Não quer subir?

Xampu

– ME LARGA!

Em frente à farmácia, o garoto grita, preso pelos pulsos por um homem de jaleco branco.

– Me larga!

Outro homem, que passa, para; pergunta o que há, pede que solte o garoto. O de jaleco mostra as gengivas:

– Não te mete! Sai fora.

O dono da farmácia vem de dentro da loja com a mesma expressão no rosto e a mesma frase na boca:

– Não sabe o que ele fez! Sai fora.

Acharem que estão sendo injustos os deixa irritados. O moleque, na presença de alguém a seu favor, apela:

– Socorro, moço!

Um quarto homem surge do nada, apresenta-se como lojista e declara:

– Se é na minha loja, dou porrada.

O passante tenta argumentar e engole:

– E ninguém faz nada. Sai fora.

O menino furtara. Ou melhor, tentara o furto, rendendo-se ao fascínio do xampu. Visto, apontado e pego, urra como se fossem matá-lo, terror talvez de ir parar na polícia: o dono da farmácia telefonara. A cola tóxica, largada na pressa da fuga, jaz nas mãos do comerciante, plástico amarrotado e sujo.

– Esses meninos não têm culpa – discursa o passante, que não reagira às hostilidades: o orgulho lhe ditara duas ou três respostas que ele reprime. O garoto, arrastado para o fundo da loja, continua a gritar. Seu defensor entende a indignação dos lesados e se oferece para pagar o prejuízo. O comerciante recusa, o dano é moral.

– A culpa é do Estado – insiste o popular enquanto espera, ao lado de outros, a chegada da polícia. O da farmácia, mais calmo, assente:

– Falta estrutura.

O clima punge, a polícia tarda. O comerciante, instado pelas razões do passante sensível – ou pelas considerações práticas de outro espectador, que alerta para "uma vingança" –, decide soltar o moleque. O funcionário o traz do fundo da loja. Garoto de uns 12 anos, moreno, cabelo curto. Está sujo, olhos esbugalhados de choro. Na calçada, seu algoz o larga. O menino se afasta, tonto, uns metros; cata no chão uma pedra, ameaça jogá-la, xingando. Joga.

A perseguição recomeça. A caça e os dois que a perseguem atravessam a rua de automóveis indiferentes – além do homem de jaleco, um pipoqueiro das redondezas empenha-se na corrida. Aparenta a mesma indignação dos da farmácia.

Vem o moleque, trazido de volta, exausto. Aqui, o passante comete seu erro: na ansiedade de obter a confiança dos presentes, formula instantaneamente uma tática e, mal o menino chega, berra:

– Te levo daqui e você não volta mais, viu, moleque? – exibindo autoridade.

O garoto, ao som da voz dura, desfalece, desmonta, cai, despenca das pernas, literalmente desmancha: na queda oferece, como um cristo, os pulsos – o adulto em frente a ele agora – a pedir que o prendam e o livrem do tombo; geme sem articular palavra. O homem ajuda o menino a levantar-se, e o círculo de curiosos lentamente se dispersa.

No bar próximo, "me paga uma água", a mineral sem gás e sem gelo. Mas o garoto, trêmulo, olha para ele como se pertencesse à legião dos adversários. Andam alguns metros, afastam-se um do outro e, mirando-se de longe, seguem para lados opostos.

Antes do samba

No PONTO DE ÔNIBUS, duas mulheres conversam.

O tom sóbrio da roupa que vestem confirma serem estrangeiras. Ambas negras, falam inglês.

Instintivo, aproxima-se o só-sorrisos, lépido, vindo da outra margem da pista. Elvis das vielas, Jim das selvas nacionais.

– E o samba? – ensaiando o passo de marchinha.

Elas se entreolham sem resposta.

– Não sabem sambar? – a festa na sexta-feira.

Elas riem, trocam interjeições inglesas. O baixinho abre os braços generosos:

– Gosto de ficar à vontade. Nu. Nuzinho, no samba.

O cara as diverte mas as deixa tensas. Na dúvida, sorriem.

– Morenas. Vocês morenas, bonitas.

Riem lisonjeadas. Falam. Tenta tocar uma delas, a moça recorre:

– Não gosto que estranhos me toquem – diz com sotaque.

Faz o chato de galochas. Quando aparece outro homem, jovem, negro, aparelho de música nos ouvidos:

– Que é que ele quer? – poliglota.

Explicam que apenas está um pouco bêbado.

– Pouco? – duvida simpático. E começa a bater papo na língua das duas, marginalizando o Macunaíma.

Tarzan despido e desarmado puxa conversa com o observador: ele o conhece de lá onde trabalharam os dois. Fala bacharel – a expressão é outra. As mulheres embora, não há mais pretextos, a alegria congela-se.

– Vai levando. Tenho sido e tenho estado. Os segredos são poucos: ser feliz contra todas as probabilidades.

Não era.

Assim se faz literatura

GRITOS VINDOS não de muito longe, berros. Não se sabe se a voz pertence a mulher ou a homem, aguda mas pesada. Homem-mulher capaz de fazer vibrar o ar ao som de sua voz. O que diz não se percebe claro, mas grita sobre outra voz, menor, que se percebe aos poucos.

Agora se começa a ver: mulher de voz enorme ameaça e amaldiçoa marido relapso. Parecem à beira de um crime. Fala áspera, negra-blues enlouquecida, toda a quadra pode acordar como se fosse a noite do juízo.

A cada frase responde matematicamente o estrondo terrível, mão sobre madeira, mão sobre as costas do miserável marido que a mulher não permite que durma. Então se escuta, ela faz a comida, eu faço a comida, arrumo tudo, as horas amenas e amorosas e ele não entende, não respeita, ela não admite. Mais urros, mais murros e a voz pequena apela para a sensatez, vão escutar no prédio em frente. A cena, diga-se, dá-se num barraco que se sustenta em meio a construções de classe média. Ela não quer nem saber, quem quiser que chame os homens, o desafio momentaneamente voltado para as janelas escuras, as varandas vazias.

Instantes de calma se alternam a explosões de raiva, onde é que você estava, numa dessas o olho na janela escura – o poeta sanguessuga – vê a chama da tocha e o crime que se desenhava prestes a se realizar. Notícia.

Alguém que conhece o casal intervém e evita agressão ou incêndio. O homem aos poucos se revela menos fraco mas seu tom é sempre paciente, sempre lento e persuasivo. A mulher quer saber onde ele esteve, ela até aquela hora à espera e ele, nada. Com que piranhas se afogava. Em que lugar deitara o canalha, ela de vítima a aspirante a assassina. O dia aos espasmos, nascendo, libera os contornos da casa onde a confusão não cessa. Há uma fogueira, na área próxima, que arde contra o frio, dela saíra a chama da tocha dançando em círculos. O homem pede a atenção da mulher para a figura que observa a briga doméstica, fazendo dela espetáculo. Novas ondas de rancor contra o prédio de seis andares, seis apartamentos por andar, garagem, em contraste com o barraco de tábuas indigentes, telhas vadias e casuais. Quando chove, a água corre serena por entre os móveis, as tralhas.

O olho na janela, agora clara, some deixando a luta inacabada.

Estudo em vermelho

Possuía carro numa época e numa região em que poucos podiam ter um. O privilégio não lhe saía de graça: os amigos cortejavam, bolinavam o veículo como se fosse um brinquedo novo. Se a inveja praticamente unânime o lisonjeava, não deixava de ser incômoda. Os vizinhos se pagavam da inveja pedindo-lhe favores e caronas constantes. Ele, prestativo, não se negava sequer a sair completamente de seu rumo para satisfazer um amigo, levá-lo em casa.

Não contava, porém, que chegassem ao desaforo de lhe pedir o carro emprestado. Parecia absurdo, assim como se lhe cobiçassem a namorada. Não que tivesse carro por prazer ou vaidade. Aliás, a caminhonete não era nova, nem bonita. Vivia dos fretes que fazia na velha Ford, cuja maior virtude era a de ser a única nos arredores.

Na dúvida, emprestou. Era assim: esperava que percebessem quando lhe pisavam o calo, quando solicitavam o impossível, quando invadiam seu território escasso. Julgava os outros por si: capaz de autocríticas tremendas, quase suicidas, imaginava que os demais pudessem pensar e proceder da mesma forma.

Emprestou – e não devia. O amigo desejava, quem sabe, impressionar mulheres imaginárias e, na sua irresponsabilidade de falso Fittipaldi, atropelou e matou uma pessoa. Ninguém viu. O motorista desastrado não parou, não voltou para socorrer a vítima, sequer pôde verificar, olhando para trás, se o homem havia sobrevivido ao choque. No seu desespero, abandonou o automóvel a menos de um quilômetro do local do acidente e fugiu, apavorado.

Carro e corpo seriam encontrados horas depois, na mesma noite. Até a polícia perceberia a relação óbvia entre um e outro. A vítima, homem jovem, solteiro, deixava irmão e mãe.

Foram achar o proprietário em casa, na sua modéstia de fretista, na sua humildade de trabalhador. A certeza era a de que ele havia atropelado o homem. Foi preso. Tirado da cama, confuso, prestou depoimento em que afirmava inocência. Tinha, no entanto, uma parte da culpa e sabia disso: emprestara o carro a um garoto sem habilitações de qualquer tipo, cedera o automóvel a um maluco, a um James Dean. Agora, a cidade o imaginava culpado. Não era – e como prová-lo? Fácil, dirão: bastaria denunciar o amigo, bastaria dizer a verdade. Assumiria a sua parte da falta, não toda a carga.

Na sua náusea, na sua vertigem de santo ou de aprendiz de santo, achava abominável a ideia de delatar o garoto, achava inominável a simples possibilidade de dizer a verdade, a bíblica verdade. "O culpado sou eu", condenava-se, triturando as unhas.

Restava-lhe uma gota de sensatez e, afinal, os próprios sentimentos não o levariam tão longe. Se não esclarecia a história, deixando a fúria alheia (aquela era uma cidade pequena) sobre as costas do amigo, que talvez a merecesse, tampouco se devia incriminar, calando sobre a relativa inocência. A mania de santo, a presunção de ser perfeito não o tornavam de todo insensato: um último instinto o protegia de entregar-se. Formulou, então, a mentira benigna, conciliatória – disse ter sido roubado. Sim, a caminhonete fora vergonhosamente roubada no dia do atropelamento.

Não pôde provar a inocência, meses depois de iniciada a novela. Por outro lado, não puderam condená-lo, também por falta de provas. Foi declarado inocente por um juiz severo, grisalho, vindo de outra comarca especialmente para o caso. A sentença sairia depois de um julgamento arrastado, com o qual as estações de rádio fizeram a festa; alguns defenderam a féria vendendo pipocas e algodão doce nos arredores da sala vetusta. Voltou livre para casa e, no seu escrúpulo, sem haver delatado o compadre.

Mas uma lâmina aguçava seu fio. A mãe do atropelado, a quem ninguém convenceu de que fosse inocente, ele, o dono de um animal estranho, único nas redondezas, o carro – a mãe, com ódio paciente, induzia o filho que lhe restara a afiar a faca.

Um ano depois do episódio, o rapaz, irmão do morto que aniversariava, saiu em efeméride. Era a data. Não foi difícil descobrir o suposto autor do crime, de pé, em paz com a sua consciência, a pedir café num boteco. O rapaz limara a lâmina por duas, três, quatro horas diárias durante semanas, fanatizado pela ideia e pelo desejo de vingança. Matou-o pelas costas, enquanto conduzia, com a parcimônia que o caracterizava, a xícara à boca.

Pernas

O BANHEIRO ESTREITO, onde só cabia um homem, recendia. O outro lhe chega por trás:

– Dá licença! – copo de cerveja na mão.

Ele, ríspido:

– Espera aí.

Para sua surpresa, o outro não acata a ordem. Pinto em punho, ameaça urinar em cima de seu pé – ou pior. Lançando um grito gaiato de guerra, avança na direção do vaso.

Ele sai da reta. Mas, zangado, já fora do banheiro, vira-se e empurra o invasor. Passa-se um instante e ele sente o jato no rosto.

O outro, provocado pelo empurrão, lhe jogou a cerveja na cara.

A humilhação o enche de brios. A resolução veio rápida, considerada a embriaguez em que estava. Decide vingar-se.

Procura o adversário. Vê o sujeito, mais alto que ele, pra lá e pra cá, dançando e cantando com jeito de bêbado feliz. Vingança!

Atirou não a cerveja, mas o copo, com a cerveja, na direção do rosto. E imediatamente iniciou a fuga.

O sujeito passa a persegui-lo ferozmente. Caça e caçador abrem clareiras em meio à multidão de travestis, policiais e vagabundos amontoados no antro. Ele corre, cai, o sujeito o pega pelos braços, ele se esquiva, levanta, cai novamente com estrondo, os pés ao nível dos olhos vão chutá-lo, linchá-lo, quebrar-lhe a cara, bate a cabeça no chão, algo lhe bate na testa, o filho da classe média perdido entre selvagens.

Num arranco final, alcança a porta, foge, some.

Arquejante, os olhos de pavor se acalmam um pouco ao ver o carro. Procura as chaves, convulsivamente. Acha que está livre de seu perseguidor, como a criança que se esconde cobrindo apenas o rosto. Mas o outro vem, claro, em seu encalço. E já está a seu lado.

Antes que o inimigo possa falar, ele suplica, a vaidade guerreira rendida:

– Por favor, não me bate não, já me bateram, eu caí...

O perseguidor foi pego de surpresa pela rendição incondicional, que não esperava. Ou contido pela presença de outros homens, curiosos com a correria. Na sua perplexidade, mede as chances de vitória:

– Quem te chutou foram os caras lá.

Ele tenta negociar e ouve:

– Você jogou o copo na minha cara. Podia ter me machucado.

Só agora se dá conta: jogara o copo.

O perseguidor sustava o ataque por instantes. Mas, diante da vítima, entende que a corrida acabou e tem um esgar súbito: com uma careta, bate-lhe a carteira que saltava, gorda, do bolso de trás da calça. O caçador, agora ladrão, foge a passos ágeis, as pernas longas e frenéticas.

Não esboça resposta. Espanto, pesar pelo prejuízo, alívio. O roubo, afinal, o tranquiliza.

Reflexões sobre o sexo

ESTA COLUNA entende ser de seu dever divulgar informações úteis à saúde moral e física de seus leitores. (É verdade que, até aqui, os leitores são três: meu pai, minha mãe e meu irmão, sendo que os dois primeiros dormem no meio e o último pensa se tratar de uma seção dos Classificados.) Desse modo, publicamos com exclusividade as reflexões do sexólogo Amaral Habib que, além de ser um médico, um técnico do sexo, é também um pensador da conduta de seus semelhantes nessa área tão importante de nossas vidas.

Habib conversou conosco informalmente e não sabia que estávamos gravando, por baixo da mesa, algumas de suas frases, elaboradas com virtudes estilísticas semelhantes às de Amaury Jr. (O gravador nem sempre funcionava, o que talvez tenha alterado em dois ou três detalhes as ideias vivas de Habib.) É um pouco conservador, como se vai notar, mas quem não guarda, no fundo de si, a nostalgia dos tempos pré-pílula, pré-permissividade, aquela fase em que pensávamos ser filhos da Cegonha com Papai Noel, não é mesmo?

Esperamos que o sábio Habib nos perdoe a indiscrição. Acrescentamos, às frases captadas durante a entrevista, máximas que pudemos pinçar em sua extensa obra publicada. Tudo pela ciência! Com vocês, Amaral Habib.

> O olhar, o flerte, o beijo e o coito são incontornáveis, o que não quer dizer, de modo algum, que devamos aprová-los. (Da obra *Correspondência comentada entre Carlos Lacerda e Carlos Zéfiro*, 1965.)
>
> O ato sexual não deve ser um hábito, sob pena de o banalizarmos. O sexo deve ser uma terrível e sublime exceção em nossas vidas. (Conversa com o futuro papa João Paulo II no mictório do Aeroporto Internacional do Galeão, Rio de Janeiro, 1967.)
>
> A atividade sexual é, como se sabe, indispensável à saúde. Deve ser conduzida, no entanto, com moderação. Recomendo luzes apagadas e índice de, no máximo, uma vez por mês, caso não chova. (Detalhamento da afirmativa anterior, a pedido do repórter.)
>
> O homossexualismo seria perfeito se não fossem os homossexuais. (Durante palestra no auditório do jornal *Gay Sunshine*, São Francisco, Califórnia, 1969.)
>
> O homossexualismo seria perfeito se não fossem os heterossexuais. ("Mudando de posição", dissertação elaborada para ingresso no Itamaraty, 1971.)
>
> Não basta pertencer à classe A, ver filmes B e tomar vitamina C para chegar ao ponto G. A questão é muito mais complexa. (Resposta a uma senhora finíssima que o puxava pela camisa durante a entrevista.)

Que rabo. (Comentário feito enquanto a senhora finíssima se afastava, inconsolável, gritando "mas eu pago! Eu posso pagar!")

Se o tamanho do pênis fosse importante, o jumento seria o rei dos animais. (*Tratado de zoologia comparada*, 1974.)

Os homens vivem preocupados com o problema da impotência. Pior que a impotência é, sem dúvida, a inflação de três dígitos, quatro dígitos e, até, nos países mais desenvolvidos que o nosso, cinco dígitos e meio. (Debate com Maria da Conceição Tavares na pérgula do Hotel Nacional, Brasília, 1986.)

O homem é superior à mulher. E vice-versa. (Discurso em cima do Muro de Berlim, diante de uma plateia de feministas mineiras, 1988.)

É fundamental que o casal possa conversar sobre seus problemas com a maior sinceridade. (Audiência com Itamar Franco, 1992.)

Mas importante, mesmo, é o carinho. (Ao tentar sentar no colo do repórter.)

O homem é o único animal capaz de fazer amor às segundas, terças, quartas, quintas, sextas e sábados, embora, aos domingos, prefira o *Fantástico*. ("Sobre a influência da TV nos hábitos sexuais", artigo, 1993.)

Sexta-feira, hein? (Levantando as sobrancelhas, piscando os olhos, abrindo a boca, mostrando a língua e encerrando a entrevista.)

Os sapatos de Chaplin

QUANDO ERA GAROTO, adolescente, a sensação constante era a de que só eu me movia no mundo parado. Era, percebo agora, uma sensação de despaisamento, solidão, que eu explicava acreditando que ninguém mais pensava, tinha ideias, ninguém se espantava com o mundo ou intuía a possibilidade de modificá-lo, só eu – que assim aparecia como herói a meus próprios olhos. Coisa da idade, é provável. Hoje, tanto tempo depois, a sensação é parecida, ao menos quanto a despaisamento, solidão. Ocorre-me perguntar – estou no Parque da Cidade, minha filha brinca ali perto, são cinco horas da tarde – pela minha geração. A ideia de geração afligiu a minha adolescência. Televisão, jornais, cartazes, canções, tudo se mobilizava para nos vender a ideia de que ser jovem era a melhor coisa que podia acontecer a uma pessoa. O sujeito não podia caminhar duas quadras sem esbarrar nas imagens de juventude, sem se lembrar da faixa etária a que supostamente pertencia. Os coroas, donos da vida, sobraram. Na esteira da estima comercial pelos muito jovens – eu fui muito jovem há 20 anos – mora a certeza marota de que a idade, data de nascimento e de morte, tem uma importância fatal para a figuração do sujeito, o consumidor, sinônimo de cidadão e, um passo além, de ser humano. O que se deu foi só e simplesmente um assalto ao bolso dos jovens. O bolso, no capitalismo, precede a cabeça e o coração, e os põe a seu serviço.

Prossiga.

Escrever estas notas, como se a confissão me eximisse do que fui quando menino, como se me desculpasse pelos caminhos estranhos em que me enfiei nesses 20 anos, adianta pouco. Em primeiro lugar, quem as leria? Admitamos, não importa: eu posso lê-las e relê-las, aqui onde estou, até o fim dos tempos. Ninguém daria por isso e, a mim, me daria algum prazer fazê-lo. Mas sou literário até em pensamento: ou seja, assumo uma pose logo ao pensar em escrever; outra, ainda mais confusa e falsamente contrafeita, ao pensar em publicar este negócio. Eu queria contar uma história de despaisamento e solidão, de como o sentimento de ser singular e de estar isolado, ilhado – olha a etimologia aí, gente! –, me conduziu até aqui. O Parque da Cidade ficou um pouco atrás. Alguma coisa aconteceu entre as cinco horas da tarde no parque, a menina ali, não muito longe, meus olhos distraídos não obstante a amam e a procuram de vez em vez entre brinquedos, pois é, sei lá o que me aconteceu entre aquele momento e este, ora, rapaz, não vá me contar uma história de coma, infarto, amnésia, atropelamento, até porque naquele ponto do parque não passam automóveis, pronto, descarto o atropelamento, ficaria parecido com *Vestido de noiva*, a personagem é atropelada e recorda, sonha, mistura estações, "Alaíde Moreira, 25 anos, branca, casada", e ela repete, como que espantada, "branca!", mas não pode ser múltipla a minha escolha porque isso não é ficção, mas vida real. Preciso me lembrar do que houve, posso estar amnésico, posso estar a dormir, posso ter morrido e reencarnado como um nativo do Porto ou de onde mais, evitando inconscientemente o gerúndio, sei lá. Desliguei-me de minha geração, da ideia de geração, que me foi tão cara quando garoto... Eu fui um adolescente subestimado, deixem-me dizer logo, no entanto fui uma criança superestimada. A presunção de inteligência é responsável por algumas das gafes mais estúpidas que já cometi. Já ofendi e me fiz ofender, já pude obter a inimizade e a ira com a minha presunção, a minha convicção, que dispensa provas, de excelência moral, intelectual e até física. Não terminei a frase, não completei o raciocínio: desliguei-me de minha geração, estou só, não tenho amigos nem parceiros. Entendem? Esse é o sentimento, e se alguém vier me perguntar se quero passar fome, sede, se quero ser privado de sexo até o fim dos dias, se quero sofrer as várias espécies de dor à minha escolha ou se, alegre e esportivamente, quero sofrer o tal do despaisamento, a tal da solidão, respondo, com as minhas sobrancelhas pretas crispadas, que solidão e despaisamento, disso tenho certeza, pesam como um pacote de compras.

E não me venham falar em Brasília. Não culpem Brasília! Não admito que culpem Brasília! Bom, nem sempre sou tão enfático, mas é absurdo que a gente se desfaça do problema assim, numa palavra, descarregando a culpa, a raiva, a impotência nos braços dos homens que fizeram a cidade. Toma, meu avô, a culpa é tua! Tu pagarás a tua pena nos quartos e nos quintos dos infernos e, pronto, estamos salvos.

II

O que aconteceu entre as cinco da tarde e este momento foram oito horas de sono. O território é mesmo o de meu quarto. Entre essa hora e a do cochilo de que desperto agora, houve, ainda, alguma coisa que quero lembrar. Foi uma experiência excitante, nova, saborosa, bárbara. Erótica. Basta dizer que comi, eu, com língua, dentes e lábios que a terra, por sua vez, há de comer, biscoitos de chocolate, crocantes, com leite quente, puro, sem açúcar porque já havia doce demais nos biscoitos. Mastiguei os petiscos pensando que, numa hora dessas, o sujeito transcendental de Kant, que não sei bem o que seja, não tem a menor importância. Reencontrei, na carne tenra dos biscoitos, boca, bicos, saliências, fendas. Mas não se tratava apenas de acariciar o paladar e de preencher o estômago. Era ainda um ato de afeto, uma espécie de dádiva, recebida e doada, e agora não cabe ironia. Na casa da ex-mulher, a comer biscoitos: Kant jamais, Freud talvez. Mas eu não sou Kant nem Freud, eu não sou as coisas e me revolto contra a minha tímida vida familiar, a minha tese inacabada, minhas canções inéditas, minha mulher que não liga, a noite que não vou viver, a grana que falta, o trabalho, ora o que pode um jovem senhor fazer, na sonolenta Brasília, exceto escrever? A experiência, eu estava brincando quando falei nos biscoitinhos, era outra – a do sexo. Céquiço. Xexo. Secso. Vejo a figura lunar que se defende na rua, na noite, nas esquinas inexistentes. Bonita no papel de pilar, marco, divisória viva, placa, sinal, reescrevendo as vias em esquinas que, segundo acreditam, o traço primitivo não previu. Procuro a esconsa parceria, a comparsaria, escandida entre dentes de desejo. Grogue. Talvez reencontre a paisagem. O guarda civil, que tiro de um samba de Noel, olha para mim severamente e eu, como num filme de Carlitos, saio de fininho, manobrando sapatos enormes.

SEGUNDO TEMPO

Hilário e o neoliberalismo do amor

OS LEITORES CERTAMENTE conhecem as expressões neoliberalismo e neoliberal. Para os eternos do contra – esse pessoal que insiste em achar que as coisas podiam ser melhores –, neoliberalismo é o regime do vale-tudo, do levar vantagem sempre, da banalíssima lei de Gérson. O reino da indiferença pela sorte do próximo. Neoliberal é, portanto, o adepto desse estado de coisas.

Mas os leitores provavelmente não conhecem o Hilário. Podem acreditar: falta-lhes conhecer o Hilário. Ah, o Hilário! Sujeito fértil em ideias, dado a tiradas, a frases de efeito, a considerações originais. A respeito de si próprio, costuma dizer:

– Meu nome é apenas um acidente. Sou um homem sério.

Inclinado a teorizar sobre tudo, Hilário outro dia chegou perto dos amigos – estávamos no bar – com mais uma de suas teses. Dessa vez, no entanto, vinha triste. Estranhamos. Jamais o vemos triste, pelo contrário, só o encontramos radiante. Por que a tristeza, Hilário?

– Estamos vivendo a era do neoliberalismo amoroso – respondeu, profundíssimo, as sobrancelhas contritas.

Neoliberalismo do amor? Exato, exato, insistiu o Hilário. Adivinhamos o que lhe passava pela cabeça de cabelos curtos e ideias fartas. Ele havia percebido que certo egoísmo começava a fincar sua bandeira também no território dos beijos e abraços. É isso mesmo, Hilário?

– É.

Surpresa unânime: Hilário, lacônico. Hilário, conciso! Hilário, incapaz de se derramar em frases longas, coladas umas às outras como carros de Fórmula 1. Olhem que havia sido convidado a falar; autorizado pelo grupo, ainda assim silenciava. Percebemos que algo não andava bem. E, naquele momento, pudemos notar o quanto prezamos o amigo.

Um de nós, médico, chegou a querer medir-lhe a pressão e a temperatura. Instrumentos clínicos saltaram sobre a mesa, vindos do nada. Outros, sem juízo, quiseram obrigá-lo a beber e se ofereceram para pagar as doses de uísque, desde que genuinamente nacional. Até um dos parceiros, perspicaz, entender tudo:

– Hilário está apaixonado – disse, taxativo.

Pior. As paixões do Hilário – no plural – vinham sendo frustradas pelo que ele chama de neoliberalismo amoroso. Nesse novo salve-se quem puder do afeto e do sexo, Hilário vinha sendo o assalariado, o prestador de serviços, o desempregado. Exagero? Talvez. Fala, Hilário, conta, Hilário, desabafa, rapaz.

A essa altura, o homem era vítima da mais espetacular das compaixões, coletiva, sólida, exigente e brutal. Fala!

Hilário, vejam vocês, falou. Disse que sua última namorada havia terminado o romance com ele por telefone:

– Por telefone! – dizia, aos guinchos. Chorava. E se assoava na toalha.

Quisemos saber por que razão acontecera término tão sumário, tão indelicado, tão avesso a sentimentos civilizados (se é que os sentimentos um dia poderão ser, de fato, civilizados). Mas ele não nos ouvia. Estava tomado pelo demônio da catarse, da descarga emocional, do desabafo:

– Duas semanas depois, conheci uma garota. Uma moça, sei lá. Bonita. Inteligente. Mestrado em ciência política. Sensível, carinhosa... – as lágrimas o impediam de continuar.

– Fala, Hilário! – a plateia de amigos começava a mostrar impaciência. Ele, com medo de perder a atenção de seu público, a essa altura numeroso – garçons e transeuntes já se aglomeravam em volta da mesa –, continuou:

– Conheci a tal garota num bar da Asa Sul. Aquele, onde me cortaram a conta. Conversamos por duas horas no bar, depois fomos a uma festa. Foram quatro horas de conversa. Quatro horas de relógio – bufava, suplicando crédito. Alguém, menos sutil, berrou: “E daí?”.

– Fui ao banheiro. Ansioso, voltei logo.

– E então? – a plateia não respirava, resfolegava em uníssono. Hilário:

– Foi embora sem se despedir e...

Diante de nós, tínhamos um grande ator, senhor da arte das pausas, uma espécie de Paulo Autran sem palco e sem bilheteria. Completou:

– Com outro. Foi embora com outro sem se despedir de mim. Outro que ela havia conhecido naquele momento.

Quisemos provas. Como assim, naquele momento? Não era o marido, o namorado, o amante?

– Não, não era. E tenho certeza disso porque fui eu que o apresentei a ela.

Silêncio. Podia-se tocar o silêncio com a ponta dos dedos. Até os carros, na rua em frente, pareciam mudos de espanto. Para Hilário, tudo se resumia a um fato social muito simples e muito sério: o neoliberalismo amoroso.

– Cada vez ligamos menos para os outros. A dor dos outros nos dá sono – garantia, arriscando-se a nos cansar com as queixas patéticas.

Não quisemos questionar sua autoridade em tais assuntos. Afinal, ele perdera a namorada por telefone e, 15 dias depois, conhecera uma garota que o havia maltratado. Era um mártir, um mártir do amor. Ou melhor, do desamor, da frivolidade, da alegre perversidade moderna.

Saímos antes que o dono do bar resolvesse cobrar couvert artístico. Em meio a muxoxos e tapinhas no ombro, pagamos a conta. A dele não, a nossa.

Noturno

DESCEU DO CARRO surrado, conferiu o conteúdo dos bolsos: carteira, chaves, o estojo das lentes de contato. Na carteira, algum dinheiro, documentos, talão de cheques nas últimas folhas. Não portava celular, mas trazia o diapasão de sopro: apito que emite a nota lá, talismã singelo.

Tinha 40 anos, trabalhava como qualquer um e, em casa, cantava.

Venceu, levemente trôpego, os poucos metros que levavam à sala. Não teria mais uísque, a grana o limitava à cerveja. Era o jeito, negociou consigo mesmo, o dia nasceria em meia hora.

Casa noturna modesta. Em momentos menos tardios, traficantes, mulheres, fregueses e ladrões giravam por entre as mesas. Bailavam na pista, simples corredor em meio a móveis brancos, de plástico. Grandes caixas de som pendiam das paredes encardidas.

Atrás do balcão, dois homens, um deles alto, braços enormes. Pelo bar, garçons à paisana. A tela de vídeo mostrava cenas de sexo a que ninguém dava a mínima, a tela em crise de autoestima. Gatos pingados, entediados ou exaustos, resistiam à manhã próxima.

Duas mulheres instalaram-se a uma das mesas. Sentou-se perto, interessado nas garotas. A música ainda berrava, embora a maior parte da plateia já tivesse ido.

A uma terceira mesa, a surpresa: o amigo de adolescência lhe abria um sorriso. Era o Mendes. Mais que a face gentil, notou que lhe faltavam dois dentes; o outro envelhecera, ele se percebia no espelho.

Atualizaram histórias, sem necessidade de minúcias. Bastava-lhes a alegria do encontro, ali, retardatários no botequim. O velho amigo procedia de memórias remotas: a adolescência na quadra, o futebol, o assédio às empregadas, violão, cantorias, álcool. Veleidades de artista.

Com o parceiro, tivera diferenças. Disputaram mulher mais de uma vez. Vaidades arranhadas de quando em quando, de ambos os lados. Outras épocas.

Sentaram à mesa das mulheres. Definidos os casais, o papo não engatou, mas a dele decidiu dançar de rostinho colado. Nanica, transpirava pelas fendas do vestido gasto. Roça-roça, o sexo à altura da barriguinha inflada. Ela o convidou a dar uma volta lá em cima.

A escada, o passo bêbado, a sobreloja, o bilhar. Sala em sombras, deserta: a pequena e ele se agarraram. As palavras podem contar? Ai, ai, ai, põe, pega, vira, beija, ai, ai, ai.

Terminado o sapateado nervoso, intenso, desceram. Ele conferiu os bolsos por hábito: a carteira sumira. Saiu, foi até o carro, procurou sem sucesso os pertences, o álcool já lhe estimulava a raiva. Vociferou na volta:

– Ou a carteira aparece...

Silêncio incrédulo.

– ...ou vou ficar violento! – murro na mesa de plástico.

Desatou a revistar a bolsa das garotas, os funcionários chegaram. Entre eles, o alto, de braços grossos. Tensão no bar a portas semicerradas. Tinha sido cercado, mas não se atreviam a tocá-lo, era como se o respeitassem, o medo de que estivesse armado.

O confronto, congelado, demorava – cercado – enquanto outra cena evoluía rápida: no banheiro das mulheres, a inocente chorava copiosa, extravagante. E devolvia a carteira, sorrateira, a um dos moços do bar.

A perseguida reapareceu em suas mãos, dócil, munida dos documentos – mas desfalcada do dinheiro, é claro. O piti, no entanto, evitara o pior: até o talão de cheques, preterido pelas cédulas, ressurgia intacto.

A garota, torneira desatada, continuava a gemer "eu não mereço, eu não mereço", como se recitasse um texto. Foi embora, a filha da.

Ele correu atrás dela e pediu desculpas, na rua, o dia claro. Pode?

O otimista voltou, como o boêmio do bolero. Haviam restado duas ou três notas no fundo dos bolsos: encomendou a última cerveja, relutantemente servida pelo garçom. Na euforia da saideira, festejava o orgasmo que a ladra lhe dera e a volta da carteira às calças que usava. Valente e viril aos 40 e pedrada, a apoteose no peito. Velhas humilhações de alguma forma vingadas. O Mendes não era, nunca foi melhor que ele.

Mendes, irreverente, reparou por entre os dentes avaros: o herói grogue perdera cabelo e tinha engordado. Esgotaram temas triviais, riram, não se lembraram de cantar, o diapasão quieto.

Eram agora a plateia de si mesmos, já não havia ninguém à volta.

Um dos funcionários começou a varrer o piso. As mulheres tinham sumido. Mendes continuava a tagarelar, aparentemente insone; ele tentou acompanhar o amigo, mas a euforia minguava, sentia-se desfeiteado e sombrio.

Manhã chinfrim, sem sol – nuvens de álcool, sentimentos empapuçados. Eles se despediram sem abraços.

Pizzarelli na danceteria

NAS HISTÓRIAS POLICIAIS antigas, amigas do lugar-comum, o criminoso sempre volta ao local do crime. Faz sentido: toda emoção deixa saudade. O criminoso não volta ao local, volta ao próprio crime. Que pode ser imaginário. Ou castigo autoimposto.

Ele voltou. Era o primeiro dia do ano. A festa que abandonara, bêbado, não lhe rendera os afagos femininos que sonhara. Decidiu comprá-los. Ali estava, outra vez, diante da danceteria sórdida.

Parou nas proximidades o carro novo, substituto recente do automóvel com que havia rodado o equivalente a duas voltas ao mundo.

Entrou no recinto ruidoso. Lá fora, o dia clareava; dentro, noite ainda fechada. Mas os móveis de plástico sustentavam somente convivas esparsos. Os olhos trôpegos distinguiram a mulher: "Is your pussy vacant?", disse, dado que a moça procedia da Guiana Inglesa, como soube após rápida abordagem. Mas o convite direto para que ela fosse para a sua casa a deixou desconfiada. Nada feito, e ainda menos depois de um homem mais jovem ter se aproximado.

Poderia ter havido conflito, evitado porque o outro foi mais prudente que ele. Passa. Vamos ver, vamos ver. Ninguém à vista. O dinheiro era, como de hábito, magro. Mas tinha o talão de cheques. De que vale um pré-datado?

De novo na calçada, dirigiu o convite a outra senhora, que sorriu reticente e informou estar trabalhando. Não estava, portanto, para brincadeiras de rentabilidade duvidosa. Ninguém mais dedicado a seu ofício que as moças de vida fácil. Fossem assim os deputados.

Entrou no carro, já disposto a desistir – a boa hora de ir embora. Viu a morena magra e alta: a comparsa da baixinha que lhe batera a carteira semanas atrás. A lógica sugeria que fugisse ou, no mínimo, que contornasse o risco. Fez o contrário: parou rente ao meio-fio, chamou-a para ir a sua casa. O dia, a essa altura, acordara nítido, sem sofisma, imaculado de bruma.

Iria com ele? Nada. Riria dele, safada. Mas quem é burro peça a Deus que o mate e ao diabo que o carregue. Era o caso. Insistiu que fosse e, como no poema, lhe aplacasse a vontade. Ela soube ser prática:

– Trinta?

Regateou:

– Vinte. No cheque.

A garota mediu-o do queixo à testa, a cara vermelhusca na moldura da janela: bêbado. Ainda que cega e surda, teria sentido o hálito. No banco de trás, o casaco e o violão foram devidamente aferidos, embora de relance. Pediu tempo, ia pegar a bolsa. Era como se ela se preparasse para a longa viagem.

– Vê se volta logo – exigiu, rei autoproclamado.

Esperasse, voltaria já. E entrou rebolando na danceteria.

Ele, dentro do Fiat, guloso de orgia, agindo como se fosse inexpugnável, quis comprar cinco reais de. Chamou o sujeito mais próximo, propôs o negócio esquálido. Ao garoto branco, vinte e poucos anos se tanto, não escapou a bagagem no banco traseiro, nem a carteira preta, abarrotada pelo talão.

Lá dentro, aconteceu o quê? Bidu: o garoto e a morena magra confabularam. Os pobres se entendem. Ele no carro, à espera. Mas quem sente pena de otário? Voltaram os dois – e, com o rapaz e a jovem, vieram outros dois sujeitos, desses que o ex-presidente chama de inempregáveis. Uma besta solene, o ex-presidente: eram, isto sim, inestimáveis guarda-costas e auxiliares do assalto iminente. Pois é, o time adversário somava quatro, todos de acordo.

Soldados inimigos de um e de outro lado. Quando foi pinçar a cédula de cinco, o moço meteu o braço, arrancou a chave da ignição, o Fiat novo, a pintura metálica, o som, o disco do John Pizzarelli, imaginou que fossem levar tudo, tu-do, decidiu, o instante eterno de coragem rara, lutar pelo automóvel que sequer tinha sido pago.

Mas o garoto queria era a carteira de falso couro que supunha recheada. Dentro, 30 reais – os 30 que negara à prostituta, distribuição de renda na marra – e o talão de folhas bisonhas. Mão na carteira de cá, mão na carteira de lá, cabo de guerra com o bandido atrevido, sim, mas também medroso, veja você, ele mordeu o braço do ladrão, ai!

O alarme, providencial, dispara.

O calhorda foge agora, ele fica no Fiat, não, ele salta do carro, dá as costas; a garota, em pé na outra porta, levanta o banco à direita e facilita o saque. Sintonia fina, fácil, fácil: sem que notasse, dois deles limparam o violão e o casaco. O líder levara a carteira. Ele foi atrás, desabalado e patético:

– Devolve a carteira, devolve a carteira!

Tinha perdido o senso do perigo. Para seu espanto, ouviu em resposta:

– Só quero o dinheiro, só quero o dinheiro! – ladrava o cachorro enquanto sumia na curva. De fato, abandonou a pretinha no asfalto, os documentos espalhados.

Recolheu os pertences remanescentes, 30 contos e os cheques tinham ido, tristíssimo voltou para o Fiat notando, então, o dedo imóvel:

– Ele quebrou meu dedo – gemeu, contemplando a falange partida.

Falava mais consigo mesmo do que com a prostituta, que ficara por ali e se fazia de santa, a cínica, com certeza ainda aceitaria o programinha à guisa de consolo. Humana, entende?

– Desliga o alarme – teve a audácia de sugerir, como se fosse a mais doce das aliadas.

Ele já não podia escutá-la. Lamentava-se, mas sem se fazer entender, as palavras saíam aos trancos, desesperadas, os olhos míopes fixados no dedo que, torto, penso, teimava em se manter imóvel.

Partiu para o hospital com o carro aos solavancos.

A aventura terminava mal – e mal começara. Você continua lendo? Então vamos.

No hospital

O Fiat fugia tirando finos do meio-fio, a toda nas vias baldias da madrugada. De fora, lembrava o Piquet com 20 anos de atraso, o adolescente vetusto na pândega irresponsável. Dentro dele, que dirigia o carro ou se deixava dirigir, o motivo resumia-se a pânico: medo de perder os movimentos, os remordimentos do dedo. Lanhava violão e a gente precisa de uns dedilhados. Sem falar no remorso, que repontava.

A vida parou. Ou foi o automóvel? Estacionou o Mille, enrolou-se com as chaves que se enroscaram nos dedos sãos e no anular imóvel, entrou no saguão a passos desarvorados. Tudo muito rápido – ou você nunca teve o dedo partido num assalto. O rosto girou sobre o pescoço, era como se chineses jogassem pingue-pongue na entrada. Soube logo que devia dirigir-se ao guichê, a pé, claro: ainda guiava o Fiat sob a luz baça da enorme antessala. Passou a mão nos cabelos crespos, afinal chegara.

No guichê, veja você, pediu prioridade. Seu caso era grave. Queria ser atendido na hora, agora. Explicou ter sido vítima de assalto e articulou argumento que lhe pareceu definitivo, perfeito como um crime:

– Toco violão, toco violão – reivindicou, exibindo o dedo empenado como a prova dos outros nove. Ter sido roubado lhe valera fratura qualificada, com privilégios anexos.

A senhora negra de jaleco branco, que atendia pacientes exaustos, só podia achar graça. Então não tem fila, moço? Tem fila, o senhor espere. Tenha calma. Fizesse a ficha, aguardasse a vez e baixasse a voz, recomendou o guarda. Este era homem forte, meio obeso, as banhas reprimidas no uniforme cinzento e justo – como se a farda pertencesse a outra pessoa. Talvez bigodes fartos, começo de calva sob o quepe. Trabalhador.

Preenchida, aos soluços, a ficha – choramingava –, o herói resolveu maldizer a demora, o hospital, a saúde pública, o governo da besta solene: como se atreviam a fazê-lo esperar, a ele, que tocava "Samba e amor" em ré menor, embora esganiçado nos agudos? O peeme voltou a adverti-lo: que se comportasse, senão. Bom.

Devia ter escutado. Aquietou-se mas, poucos minutos depois, reincidiu nas reclamações, enfático. E foi: as mãos impacientes do guarda o agarraram, guindaram-no, tornou-se vazio e leve como um saco plástico, pedalou o ar por um instante e iniciou a resistência desesperada. Que afinal não foi de se jogar no lixo hospitalar: de um momento para outro, pesava. Para onde o levavam?

Cabe o plural, a essa altura já eram dois a arrastá-lo. Súbito, novo argumento brotou das tripas crispadas:

– Eu escrevo no jornal, eu escrevo no jornal! – gritava. Cada qual tem o álibi que merece, não é verdade?

Tudo pareceu muito rápido ou, pelo avesso, muito demorado. Mas o relato, preguiçoso, passou por cima de todo um corredor, ao longo do qual tinha sido puxado como um animal; olhares curiosos, perplexos ou simplesmente sonolentos acompanharam o martírio. Que se estendeu até o largarem em frente à mesa do plantonista, no posto de polícia:

– Está nervoso por quê? – inquiriu o meganha, assustadoramente calmo.

Começou a entender onde estava, as nuvens de uísque desfeitas a muque. Existem uns bichos por aí que ao morrer mexem a cauda: lagartos, peixes. Pois é: em lugar de serenar, as coisas que bailavam dolorosas dentro dele vieram à tona de novo e com mais força – quis fugir, desatinado e ingênuo. É claro que o agarraram, desta vez com mais raiva, ele que já os havia obrigado a um trabalho extra, pessimamente pago.

Não queira saber o que aconteceu, leitor burguês, crítico paulista, colega bem-pensante, funcionário das palavras: foi algemado. Mas não a si mesmo nem a outro homem, a outro pulso – ele foi, sim, algemado à parede. À parede encardida e fétida do posto no hospital, onde entrara como se a sua fratura fosse melhor que a dos outros.

Tenho pena do meu personagem, caro crítico, tenho pena de meu Pizzarelli estúpido, indefeso no colo de uma polícia que, bom. Os bêbados, você sabe. A gente tem que usar de certa energia.

Acorrentado como um escravo, como os antepassados – alguns podem ter conhecido o pelourinho. Ou talvez se imaginasse mais Panificadora Bragança, mais esquina de Voluntários da Pátria com Real Grandeza que o próximo. De todo modo, a dor dos outros nos dá tédio. Foi sempre essa a canção das elites, mas Lula, meus amigos, é polvo.

Sobe música.

Ali, atado inapelavelmente à parede, chorou várias vezes mais e, uma das mãos em concha sobre o rosto molhado – suor, lágrimas e sangue, como na Bíblia –, lastimou a noite de ano-bom, a boemia idiota, a própria indigência. A prepotência absurda num cenário em que se amontoam dramas, o pedantismo pueril, o porre sem talento. A humilhação. Um homem deve ser humilhado de vez em quando, você não acha?

As lágrimas convulsas produziram mal-estar no policial, que só faltou lhe emprestar o lenço e lhe fazer carinho. O preso chorava aos arrancos, se os animais chorassem chorariam assim, completos. Guinchando, manja? Fungando e soluçando, saca? Ah, viver é um negócio meio desagradável, relevem a ênfase: viver mata. Foi, naquelas horas, o mais miserável dos homens modernos.

A história continua na delegacia, para onde o levaram. Vamos acompanhá-lo?

Na delegacia

A PISTA NA ASA SUL desenrolava o tapete de asfalto para o carro, que deslizava. A cidade mostrava-se tranquila, pelas janelas, na primeira manhã de 2002.

Ele entrara no automóvel da polícia minutos antes; àquela altura já havia se acalmado, a ponto de ter sido dispensado das algemas. A seu lado, no banco de trás, dois guardas se transferiam do posto no hospital para a delegacia, findo o dia de trabalho. Nos bancos da frente, os titulares da viatura. Dir-se-ia um quadro de família.

Desceu do carro no pátio da delegacia, mandaram que esperasse sentado. Noutro veículo, chegava o guarda que o arrastara nos corredores do hospital. A acusação que faria contra ele havia de ser, no entanto, benévola: embriaguez. Nem tudo se perdoa a um bêbado, mas, ao menos, se perdoa o porre.

Tinha o dedo tão partido quanto antes, o cansaço começava a desabar nos ombros; restava a ansiedade, insidiosa, que o deixava aceso como se tivesse cheirado cocaína.

Fiel ao próprio modus operandi, exibido nos episódios recentes, quebrou o jejum para perguntar quando seria ouvido. Pediu pressa, ora essa. Exigiu pressa da polícia, teve a coragem. Responderam, ríspidos, que se calasse.

De vez em quando resmungava, estatelado no banco de cimento, as palavras aos soluços. Gente entrava e saía da delegacia. Outros casos prolongavam a demora. E veio a sua vez, desatou a matraquear diante do escriba indiferente:

Que tinha sido assaltado, que escrevia no jornal, que sua especialidade era o turfe, que tinha filhos, que não era bandido, ah, isso não era.

Policiais devem ser psicólogos, assim como há psicólogos que são bons policiais, não é verdade? Eles ali foram ótimos: resolveram deixar que falasse com o delegado, como pedia. Quem sabe assim se acalmasse e parasse de gastar a boa vontade dos outros. E ele já está na sala do chefe.

O bacharel pareceu compassivo, ora o que é isso fique tranquilo, ao vê-lo chorar desabrido, desabalado, numa sinceridade tocante. O que pode uma noite de álcool. Mas Pizzarelli falou em prestar queixa contra o guarda que o detivera no hospital. Disse e repetiu: fazia questão da ocorrência contra o guarda. O delegado achou que era demais, tornou-se feroz e esganiçado, abriu a porta da sala teatralmente e, aos gritos, ordenou que mudassem a acusação de embriaguez para a de desacato à autoridade – bem mais grave.

De quebra, mandou que lhe fechassem as algemas.

Poderia ser preso, sem direito a fiança. A lei tem suas sutilezas. O pernóstico pretendia apenas assustá-lo, é claro: onde já se viu dar queixa da polícia na polícia? Filha da puta!

Ele começa a sofrer de verdade.

Quem sofre, pensa – a felicidade é obtusa – e Pizzarelli pensou. De novo o fluxo: a vaidade ingênua, a noite desperdiçada, a coisa toda inútil, tudo lhe veio à cabeça numa velocidade de náufrago. A história vinha triplicada, exasperada porque já não havia álcool que justificasse as coisas nem remédio à vista para a desgraça iminente: preso.

Na penitenciária da Papuda. Você poderá, se quiser, visitá-lo aos sábados.

Havia uma hora ou duas, tivera o sentimento nítido de estar vivendo um pesadelo, mas prestes a se dissolver: ele, o dono do sonho, teria de acordar. Por isso mesmo seu sofrimento no hospital conseguira ser catártico, purificador: lá ele se ferira fundo porque sabia que a situação não iria durar muito. Dor genuína, sem dúvida, mas a prazo fixo, com hora de acabar. Penitência.

Agora já não tinha certeza de que a coisa toda terminasse tão cedo.

Imune ao tempo por dois segundos: se a dor é tão necessária quanto a alegria, estar alegre é apenas uma outra forma de sofrer, compreende?

O que a gente não pensa numa hora dessas.

Certo, não pensava assim articuladamente, estou penteando as ideias de Pizzarelli. O incauto pensava assim enroscado: a dor necessária se a dor necessária se a dor é necessária tão necessária quanto a alegria para a saúde de nossas vidas de nossas vísceras – acho que vou vomitar – sofrer é só outro modo de sentir prazer, ah!

Verteu a golfada fétida sobre o piso liso da delegacia.

Rua. Uma das pistas que cortam a Asa Sul. Se eu disser que o dia era cinzento, o leitor vai imaginar que estou usando um símbolo, ainda por cima símbolo manjado. Mas era cinzento o dia. Fazia calor, porém.

Seu carro ficara no hospital, estava a pé. Foi a um primeiro pronto-socorro que se achava fechado, era feriado. Depois encontraria o endereço exato. Já podia entrever os aventais.

Os civis o haviam liberado, tinha desistido de dar queixa contra o guarda.

Os detalhes são vários e vis e tenho preguiça de contá-los: o vômito, por exemplo, lhe valera a irritação consternada dos policiais. No intuito de se livrarem dele, aceitaram as suas desculpas e o levaram, prestimosos, para se lavar das culpas na torneira mais próxima. Pizzarelli, sem galochas, esbanjou litros de água no rosto, no peito, nos braços.

À saída, recusou polidamente o cafezinho.

Na rua deserta e reta, o céu agora azul, seguia tentando se equilibrar sobre o meio-fio, como costumava fazer quando menino. A angústia do dedo teso persistia. Em volta, a claridade desolada. Lembrou-se da ex-namorada, figura de mulher na hora rara, deusa das águas sob os céus completos de sua letra. O dedo voltou a doer. A sensação de derrota como um pensamento que a gente afasta.

Plano geral da cidade sob o sol do meio-dia. Iria demorar um pouco até que estivesse em casa.

Entre parênteses: reflexões vadias

Nota sobre a circunstância: o narrador recuperava-se de uma fratura causada por um acidente de carro no qual não teve culpa, mas que não pôde evitar.

O SUJEITO ACHA que dirige a própria vida dirigindo, por exemplo, o próprio carro. Mas vem outro carro na direção contrária e bate no seu, arrasta-o e, antes que ele entenda o que se passa, já foi.

Isso é a vida, como insidiosamente se diz quando não há o que dizer.

Não há nada a dizer, sequer a pensar, diante do fato violento e inevitável. Saber que poderia ter sido evitado talvez ajude, se formos otimistas e considerarmos que a vida prossegue e resta, à maneira grega, o aprendizado pelo sofrimento... Mas há danos irreparáveis, situações irreversíveis. E se você não pôde evitá-los, e se a você coube apenas sofrê-los, aí está: liberdade alguma, ou mínima, ou muito relativa.

Ingênuo, pergunto: o que fazer para ampliar minha escassa liberdade? Ou a pergunta deveria ser feita na primeira do plural: nossa liberdade?

Parte de meu destino depende de meus atos, de minhas escolhas e de minha capacidade de pô-las em prática. Mas grande parte do que sou e do que vivo depende dos outros e ainda do tempo, das coincidências, destino ininteligível ou simples circunstâncias – quem as organiza? Existe o mero acaso? Coisas rolam simultâneas e não as domino, nem sei que forças as dirigem.

Ou sei? Intuo certas forças, certas passagens são obscuras, mas estruturadas, entendemos sem entender, sentimos sem pensar; como a compreensão nos sonhos.

Aprendo a viver, aprendo mesmo? Existirá a sabedoria, não digo eterna, mas estável?

Dessas alturas, escorrego para a escrita rítmica, tangente às questões que não se respondem. Enfim, viver são só ensaios.

II

Considere-se o fato inevitável e consumado. Qualquer fato: o que importa agora é pensar que ele pode se cumprir sem consulta à consciência, pode se consumar à nossa revelia. O fato pronto, fato e ponto. E esse fato fere.

Seria preciso gastar o menor tempo possível em lamentá-lo, não mais que o necessário ao desabafo, a alguma espécie de desafogo emocional. Depois, mãos e pés à obra, à reconstrução do que se partiu, do que se perdeu, do que deixou de acontecer e precisa ser compensado.

A atitude valiosa será a de olhar para a frente. Fisicamente: o olhar deve mirar o que está à frente – ao mesmo tempo que descarta o orgulho, a vaidade temerária, a simples covardia que o tornam cego ao que passou; mas, repito, conduza o corpo sem hesitar, sem desistir do próprio desejo. Olhos em riste, lúcidos.

A atitude, assim, já deve estar no corpo, nele deve ser buscada; mas também no pensamento, já deve estar no pensamento. Não, não se trata de fórmula, porque a vida pode trair você infinitas vezes, sabemos, pode vencê-lo a qualquer hora. Você se trai, os outros o traem, nós nos traímos a todos em nossa escassa e rala solidariedade, solitários.

Não é fácil: "Eu procuro uma dificuldade", alguém já disse.

Ao mesmo tempo, não se pode pensar na dificuldade. Você a conhece, ela está pressuposta, mas não deve ser vista como insuperável... ou você não irá superá-la. Certa atitude napoleônica – mas de um Napoleão que antecipasse Santa Helena, temperado pelo fracasso, fracasso que ele de algum modo pudesse adivinhar. E, porque o adivinha, o ultrapassa.

Enfim, o homem fraco-forte, talvez o anti-Nietzsche: o homem comum, com achaques e misérias comuns. Esse homem ousa ser livre. Esse é o homem que se atreve, se arrisca a desafiar a vida indiferente, os amigos omissos, as namoradas que o abandonaram, os acidentes que lhe caíram sobre a cabeça ou que foram por ele maldosamente provocados. Que porção em nós conspira contra nós?

Mas insisto, programaticamente: sem se fazer vítima, sem vitimar-se; lembre-se, o olhar parece altivo, contudo apenas mira o presente e se deixa atrair para o futuro. Não se gasta no inevitável, não se esgota no fato consumado. Olhos em riste, lépidos.

Amanhã começo.

Louco

O EPISÓDIO CAUSARA espanto a alguns, inspirava riso a outros. Ele se fingira de louco ao se submeter a um exame de sanidade mental para manter ou para conquistar o emprego público – a história era contada sem esclarecerem esse ponto, que parecia importar pouco. O fato era que fizera o papel de si próprio: falavam em cambalhota diante do médico, que, horrorizado, o aposentou imediatamente. Tinha o salário assegurado e vagava em constante debate consigo mesmo, sem agressividade, mas loquaz, a provocar o comentário divertido dos que o viam sujo, a barba enorme, a camisa aberta feito a de um malandro carioca, o rosto de traços convencionalmente belos – ressaltado pelos que assistiam a seu modesto e patético espetáculo diário, como se alguém não pudesse ser ao mesmo tempo bonito e doido. Ele próprio não ligava ao que os outros dissessem, tinha o álibi que o liberava, era maluco e ponto final.

Pelos gestos, dava a impressão de que os pensamentos lhe vinham aos montes, de cambulhada, aos trancos, não propriamente confusos, mas numerosos, os braços giravam no ar como se discutisse questões polêmicas, parecia ter em torno de si outros malucos igualmente loquazes, eloquentes, prolíferos, era isso a loucura? O câncer das ideias, das palavras que, como células doentes, se multiplicavam sem cessar, sem sossego nem descanso. A doença dos sinônimos, por exemplo: se lhe ocorria a palavra doido, doido era maluco, maluco era doido, doido era louco e era maluco, assim, em série, significando nada. Ou antes: o mero efeito da ênfase; como se ele, adestrado em golpes retóricos – a lenda lhe atribuía inteligência desmesurada e um curso inacabado de direito –, passasse a dizer não as palavras, não as ideias que a elas correspondem, mas a pura ênfase, a ênfase em si mesma dos discursos vazios. O mundo à volta sofreria também de câncer, sofreria também do vazio irrefreável, ninguém a rigor diz coisa com coisa, ah, não diz. Fala-se e a necessidade limita-se à fala, à fala em si, sem objeto.

Não que não sofresse. Dizer que ele fosse normal e que os outros fossem loucos, não, ele não diria. Sabia o quanto lhe custava o impulso para as palavras, as palavras embrulhando-se umas nas outras a ponto de parecer que se exercitava noutro idioma, árabe, talvez, alemão, quem sabe, consoantes demais, vogais demais, tudo demais: fonemas, a linguagem de volta a seu cerne, concêntrica, entrópica – termos que não, ele não usaria. Ou sim? Seu olhar mantinha-se doce em meio à confusão, à balbúrdia, à baderna interior, era como se chovesse e ele, melancólico, se deixasse encharcar. O que se chama de louco manso, meigo, ruidoso mas inofensivo: discursava a ponto de assustar as senhoras e meninas que passavam apressadas, apreensivas ao vê-lo, mas não molestaria ninguém. Convidado a dialogar, punha ordem na algazarra das ideias, mostrava-se quase coerente. Disse uma vez, rindo: "Gosto de água mineral, sem aditivos", quando lhe foi perguntado se tomava uns goles. Não bebia, a embriaguez lhe seria insuportável.

Quis conversar com ele. Sabia literaturas, falou nos franceses. Pareceu sumamente conservador ao comparar os brasileiros aos europeus; estes, segundo ele, superiores. Fui literal, talvez obtuso, e o critiquei com dureza. Transformei o papo numa discussão política. Fui ingenuamente áspero – se é que há grosserias inocentes. Reclamei, enfim, de seus pontos de vista antipáticos, politicamente incorretos, como se me devesse satisfações. Dias depois, no bar a que às vezes vinha passear a sua loucura, ele se aproximou da mesa onde eu estava e disse, a voz era de mágoa: o que vale, o que conta é a amizade, a capacidade de compreender para além das palavras. Nunca mais o vi, nem precisava.

Coisinha

HÁ ESQUINAS em Brasília. Parou o carro numa delas:

– Quer dar uma bolinha?

A menina sorriu indecisa:

– Estou fazendo programa.

Insistiu:

– Uma bolinha no carro. Depois te deixo aqui de novo.

– Tá – ela resolveu. E já a seu lado: – Não é só porque estou fazendo programa que não posso me divertir.

Sorriu aprovando a iniciativa, arrancou. Mas logo teve medo: ela parecia vir de outro mundo. O riso era estranhamente puro.

Combinaram que pararia o carro na quadra próxima, onde morava, ela esperaria enquanto ele fosse apanhar a coisinha.

– No carro?

– Por que não?

– Você vai confiar em mim? – questionou risonha.

Ele pensou melhor:

– Você espera fora do carro – propôs com cuidado.

Seguiram. Parou o Fiat longe dos olhos do porteiro, pediu que saísse e aguardasse no banco próximo:

– Tem um banco logo ali.

– Tá – o riso retiniu.

Subiu. Um pouco nervoso, perguntava-se com quem se metia. De volta, sentou-se a seu lado:

– Moro aí – apontando o prédio em frente.

– Então vamos. A gente deve respeitar o lugar onde mora, Deus castiga se a gente não respeitar.

Não entendeu. Ela explicou:

– Se a gente não respeitar os outros.

Boa moça – ou se fazia de. Mas estava mais tranquilo: parecia boa.

Subiram a pé o leve aclive na quadra, passaram em frente ao bloco vizinho. A caixa de fósforos em que dormia a baga foi passada à garota. Isqueiro, sirva-se. Ele queria era companhia, como sempre. Disse a idade, 45, não parece. Perguntou a dela, 24. Soube que tinha alguém:

– Não é só porque estou fazendo programa que não posso ter um namorado.

– Claro.

Contou que o rapaz fazia programas também. Com mulher e com homem?

– Ah, ele come – resumiu, achando graça.

Tinha dois filhos: grávida de mais um, mostrou a saliência. Os dois garotos, gêmeos, eram filhos de um coronel do Exército, onde trabalhara. O homem tivera um caso com a menina, a mulher dele descobrira – e exigiu que a mocinha fosse expulsa da caserna.

Um pouco chocado com a história, quando ela completou:

– Ele assumiu as crianças. Ele cria.

A mulher do coronel tinha aceitado?

– Aceitou, ela é seca – definiu com rancor. Raramente via os filhos.

Enquanto andavam, ela ia executando o bagulhinho.

– Você estuda? – sinceramente interessado.

– Estudar pra quê? – disse com desprezo. Tinha tido uma vida espantosamente difícil: – Com 15 anos eu olhava carro nessa quadra. Comi muita comida no lixo.

Lamentou, solidário, as passagens que só podiam ter sido sofridas. Ela minimizou os estragos:

– Mas as comidas eram boas, tudo limpinho, higiênico.

Deve-se dar graças a Deus, não queria outra vida.

Chegavam ao destino, tinham dado meia volta na quadra. Contou ainda que aos 13 fora morar num acampamento de soldados. Nem sabia que ali trabalhavam militares. Mas ficou e achou ótimo:

– Eu dava pros soldadinhos.

Pediu a ela que quantificasse:

– Dei pra todos – riu. E, no mesmo tom, completou: – Foi muito bom.

Beijo no rosto da menina. Já na esquina a irmã mais nova, estreante na rua, a esperava reclamando da demora.

Céu

O MENINO DE CINCO ANOS conversava com a avó. Perguntou:

– Qual é o tamanho de Deus?

– Deus é do tamanho do universo – a avó, percorrendo as nuvens com o gesto.

O menino refletiu:

– Não – disse muito sério. – Deus é do tamanho do nosso pensamento.

Deus por equívoco

FREDERICO FALOU:

"Dos mecanismos naturais, como os de nascimento, crescimento, envelhecimento e morte, ciclos a que obedecem todos os seres vivos – plantas, animais e seres humanos –, deduzimos, em algum instante da história da espécie, a existência de uma vontade, a vigência de impulsos ordenados e dirigidos nalgum sentido – o de viver ou mesmo o de findar."

Prosseguiu, desenvolvendo o tema:

"Os homens devem ter percebido com espanto, em si mesmos, nos outros animais, nas árvores, nas mudanças de temperatura segundo as estações, certa orientação, certo impulso para o desenvolvimento; bem como o destino de morte inscrito desde sempre em todo organismo e em todo ciclo que envolve os organismos. Perceberam que o universo parece guiar-se por leis, que afinal configuram movimentos constantes, delineando-se, a seus olhos, a ordem geral do mundo."

"O homem antigo poderá ter tido a necessidade de traduzir essa orientação ou esse impulso vital, que notava nos seres e nas coisas, na forma de um autor, isto é, de uma consciência que delibera; em seguida figurou esse autor (essa vontade capaz de produzir mudanças no mundo), por metáfora, em forma humana. Mesmo no caso dos deuses representados na forma de animais, tratar-se-ia de figuras similares ou equivalentes ao ser humano – figuras, ressalte-se, imaginárias."

"A causa dessa operação de metamorfose fantástica terá sido o fato, já conhecido pelos primeiros homens, de que no mundo humano as coisas só se conseguem transformar pelo trabalho humano, e este implica o que se pode chamar de autoria: a deliberação e a inteligência necessárias à execução de uma tarefa útil à subsistência dos grupos – por exemplo, a transformação pelo trabalho manual, monitorado por sentidos e razão, de um monte de palha num cesto ou de argila em jarro."

Eu quis falar. Ele impôs silêncio, impaciente, e resumiu:

"Deduzimos dos seres a força que os mantém vivos, em primeiro lugar; depois, demos a essa força, ordenada em fases ou ciclos, forma humana imaginária. A metáfora aqui incidiu sobre o trabalho, a capacidade que alguém ou algo tem (e que exerce) de transformar ou de se transformar. Assim nasceram os deuses pagãos: os seres e os grupos de seres materiais (animais, espécies animais, árvores, espécies vegetais, florestas) representavam-se, na fantasia dos homens, por figuras análogas às humanas."

Tornou-se tenso, o rosto crispado. Numa careta, sentenciou:

"Com o cristianismo, uma nova e radical dedução aconteceu: procurou-se inferir de tudo, de todos os seres com seus respectivos mecanismos, uma força, uma inteligência única de todas as coisas. Assim nasceu Deus."

"Como o mundo conhecido é principalmente o nosso, reincidimos em atribuir – o gigantesco e milenar equívoco – a Deus uma forma humana, com traços, caracteres de autor, isto é, de vontade consciente: fizemos a figura divina parecer-se com as pessoas."

Buscou sintetizar o que dizia, didático:

"Deus resulta, assim, de uma dedução que, de início correta, depois toma a forma fantasiosa de um ser similar aos homens. Enfim, a metáfora se converte em verdade literal, a imagem imaginada ganha foros de imagem vista ou vivida."

Ele agora sussurrava, mas era como se berrasse:

"Temos, em plena operação há dois mil anos, a imagem do próprio homem hipostasiada na imagem de Deus – à qual delegamos, a seguir, poder sobre o mundo. Mas este mundo se faz, ilusões religiosas à parte, de simples seres, coisas e processos, a que cumpre conhecer sem dar a eles nosso próprio aspecto."

Ele havia concluído. Fiz o gesto de quem está de acordo; depois, o sinal de quem pede calma. E respondi:

"Tudo certo quanto à metamorfose, promovida por nós, que emprestou feições humanas a Deus. Mas, Frederico, você mencionou 'leis', 'movimentos constantes', 'ordem geral do mundo'. Discordo só nesse ponto. Porque talvez tenha sido a percepção da desordem, e não da ordem, o que nos fez procurar consolo na figura divina. Quer dizer: o sentimento de que habitamos o caos foi justamente o que nos levou a inventá-la", disse.

Passou-se um instante, acrescentei:

"Lembre-se também de que o trabalho humano tem muito de imprevisível nos seus resultados. Precisamos de Deus para compensar os limites do trabalho, não acha?"

Meu amigo e eu falamos ainda por alguns minutos, mas sobre outros assuntos.

A pena e a náusea

A CONFEITARIA BURGUESA – se é que há confeitarias proletárias – jazia calma. Devorava-se o próprio tédio: a classe média crivada de angústias entre a gula e a dieta.

A casa permaneceu tranquila depois que a velha senhora chegou, a receita amarrotada nas mãos.

Ela traz o texto de cor: diz sofrer de doença crônica, vive com o marido inválido, preso à cama. E pede que a ajudem a comprar o remédio que lhe alivia as dores. As dela, que as do marido já são outros quinhentos.

Revela a idade, o espanto inevitável: os dias a maltrataram bastante.

O sujeito maduro e meio gordo segue com a senhora até a farmácia. Compra-lhe o remédio, ao que ela agradece abraçando-o, modesta e maternal. A mulher não trapaceia, a gente logo lhe vê nos olhos, mas cumpre a rotina resignada: trabalhar, que jeito? As costas doem, jeito algum. Na falta de governo, mendicância.

Algumas horas mais tarde, o sujeito está à mesa do restaurante fronteiro. Como come a classe média. Aqui também se devora o próprio tédio ou simplesmente se mata a própria fome, que ninguém é de ferro e os remediados não deixam de ser filhos de Deus, não é verdade? Os pobres em volta, olhos compridos, sentem ainda outra espécie de fome, sem dinheiro que a sacie, sempre a depender da gentileza de estranhos, como diria a personagem famosa. Cenário conhecido.

Irrompe o rapaz, bermuda parda e sandálias pálidas correm desesperadas. Um instante e se pode ver: levara o celular de uma das mesas na calçada.

O homem roubado então o persegue, o episódio tem algo de cena de cinema, descem a escada que leva aos prédios residenciais, o ladrão tropeça; outro homem, amigo do que tivera o celular afanado, chega; os dois abraçam o criminoso, agarram-no até arrancarem de suas mãos o celular; o ladrão perde o aparelho mas não se deixa prender, manda-se por alguns metros e, quando a distância entre ele e os perseguidores, todos arfantes, é minimamente segura, deblatera:

– Tenho conta de luz pra pagar!

Ouve em resposta:

– E por isso vai roubar?

Rima pobre e involuntária, o gatuno malsucedido some.

Os amigos voltam à mesa, recompõem-se. O companheiro prestativo gaba-se em voz alta de ter partido o dedo leve do maroto:

– Senti quando o dedo dele quebrou. Ficou mole, não reagiu mais – a voz melíflua. Liga para a polícia com desenvoltura, solicitando soldados para a área.

Nem governo nem piedade, violência. O homem maduro, se é que existem homens maduros, impotente para o protesto, sente pena do bandido e nojo de suas vítimas.

Breve dissertação sobre liberdade e revelia

Uma coisa é contar os anos, outra vivê-los;
uma coisa é viver, outra durar.

Vieira

A VIDA INDIVIDUAL termina com a morte, não segue além dela – crenças religiosas à parte.

A constatação de que a vida está limitada pela morte sugere que muito do que praticamos se destina a compensar o incontornável ponto final.

Se é certo que a vida pede respostas imediatas, capazes de sustentá-la, é certo ainda que todo projeto de vida liga-se ao fato bruto e simples de a existência terminar e de não sabermos quando terminará.

Assim, *vivemos para superar o fato de que vamos morrer*; lutamos contra o tempo, contra a morte inapelável. E o que nos concede alguma vantagem sobre ela reside em conseguirmos prolongar a nossa vida na de outras pessoas – de algum modo.

Estendemos o alcance de nossos dias e energias concebendo filhos e criando-os, produzindo obra intelectual, adquirindo patrimônio, trilhando carreira comercial, acadêmica, política, envolvendo-nos em projetos de ajuda ao próximo.

Trabalhando duro, salário às costas. Gostando de alguém.

Ou simplesmente ao buscar, hedonistas, o máximo prazer a cada dia – pelo que estendemos o que há de vital em nós não necessariamente intensificando o contato com os outros, mas saturando os sentidos.

Tudo parece ter começado quando os primeiros indivíduos se desligaram da mera condição animal e se descobriram, simbolicamente, nus; isto é, ganharam consciência de estar vivos. O que é o mesmo que afirmar: ganharam consciência de ser singulares. Individuaram-se.

Eis o nó: o surgimento da consciência, nos lembrando de que o indivíduo que somos vai desaparecer, contrapõe-se ao interesse maior da espécie a que pertencemos, que será o de toda a natureza.

Contrasta com esse interesse, de matriz irracional, relativo à necessidade de o indivíduo morrer para dar lugar ao nascimento de novos indivíduos; enfim, o indivíduo deve morrer para que a espécie possa durar.

Indivíduo e espécie, no que toca à morte do ser singular, acham-se, portanto, em contradição.

Sabemos que a morte do ser singular é condição pela qual a natureza e as espécies se perpetuam, mas aceitamos o fato com dificuldade ou não o aceitamos: é claro, estamos ligados à nossa vida particular e única. Aliás, o paradoxo se adensa quando se constata que o desejo individual de viver constitui, antes de mais, instrumento de sobrevivência da espécie.

A natureza faz nascer e, depois, manda matar.

O resultado da contradição converte-se em angústia. Nós buscamos resolver essa angústia formulando projetos de vida e tentando realizá-los.

Se nossos projetos pessoais apenas replicam, imitam os programas religiosos ou ideológicos por meio dos quais a sociedade (a exemplo do que fazem todas as sociedades) procura responder ao desconforto essencial – a consciência de que vamos morrer –, talvez tenhamos menos angústia; alguém, ou a coletividade, solucionou o problema para nós. Vida eterna, alma imortal, o céu islâmico, o nirvana nos socorrem. O mercado, o Estado.

Mas o traço que domina o nosso tempo não é o de programas gerais, coletivos, embora estes permaneçam urgentes. Habitamos uma sociedade – a brasileira, atada à ocidental – onde os indivíduos se veem apartados uns dos outros. Não temos o sentimento do destino comum, sentimento promovido, por exemplo, pela fé religiosa homogênea; ou pela coexistência de crenças diversas, intuídas como equivalentes.

Por isso, tendemos a resolver nossa angústia elaborando projetos singulares, em certa medida autônomos (quando não contrários) em relação aos de outros indivíduos, ainda que tais projetos venham temperados pelos afetos e cercados pelo contexto social que partilhamos.

No entanto, o contexto nos vincula funcionalmente, mas não de modo completo, essencial; e os amores são frágeis.

Estamos sós.

Tomar consciência plena, radical, de que vai morrer ampliaria, para a pessoa, a capacidade de escolher, de criar alternativas aos caminhos impostos pelos demais indivíduos, pelos programas exteriores ou por seus próprios limites. Ao mesmo tempo constitui problema de solução imponderável.

A solidariedade entre pessoas e grupos seria caminho natural, dado que o problema se impõe a cada um e a todos; dado, ainda, que as atitudes de colaboração parecem mais adequadas a prolongar o que somos no próximo, eternizando-nos, do que as saídas de competição e confronto.

Mas não se feche, ao menos não por ora, questão em torno da solidariedade, sempre dilemática e precária. (Do amor, então, vocês nem me falem.)

Vejamos o alcance da ideia de base na tela de nossa existência urbana contemporânea; a ideia segundo a qual vivemos na tentativa de responder altivamente à morte ou, de volta à fórmula primeira, vivemos para superar o fato de que vamos morrer, para ultrapassá-lo.

A vida, a morte é fértil. Agora sim.

Posfácio

Olhar à margem

Ligia Cademartori*

DA LEITURA DE UM BOM CONTO não se sai ileso. Ecos da dissonância, incorporação do desacerto, talvez incômodo reconhecimento de uma situação ou outra podem ficar como efeitos desses *Contos canhotos*. Falo aqui como quem, à saída de teatro ou cinema, troca conosco um olhar, ou faz leve meneio de cabeça, com a finalidade pouca de uma fugaz cumplicidade emotiva na partilha de uma experiência que importou.

Fernando Marques sabe que o conto é forma literária que não admite erro ou vacilo. Prudente, o narrador de suas histórias nunca fornece uma informação a mais. Encaminha-nos para o fim do relato, mantido o perfeito equilíbrio entre palavra e silêncio. É desse modo que consegue transpor a opacidade

* Doutora em Teoria da Literatura e autora, entre outros, de *O professor e a literatura* (Autêntica, 2009).

de experiências aparentemente banais para nelas fazer ver uma realidade insidiosa. O leitor recorde contos como "Café", "Noturno" ou "Louco". São representativos desse processo. É verdade que, no livro, o gênero assume formas variadas, mas são todas convergentes ao condensar, na célula dramática, ações e percepções agudas, imprevisíveis desfechos.

O ficcionista maneja a frase com segurança e despojamento. Usa escrita leve e contida, para dizer o que é intenso e profuso. A dicção é rápida. Faz da realidade recortes breves e vigorosos, examina o próprio modelo, sonda o mundo a partir deles. Há nessa ficção ironia, consciência crítica e distanciamento do mundo narrado. Há também elementos de farsa, riso dissimulado ou contrafeito das situações sociais e existenciais sobre as quais o narrador reflete, ao mesmo tempo que as denuncia.

Às vezes, os registros se aproximam da crônica urbana. Noutras, são mais intimistas. Na sequência das narrativas curtas, ganham realce momentos diversos da vidinha ordinária de gente que foi posta à margem. Miúdas circunstâncias, gestos de pouca ênfase investem-se, então, de ampla significação. Obra e graça das particularidades de ponto de vista dos contos, aspecto privilegiado da invenção. O contista não se preserva na escolha das soluções narrativas. Ao contrário, corre seus riscos. Expõe-se e encontra, para cada situação representada, o tom adequado e o ritmo que impede o enfraquecimento da tensão.

Antiga regra do gênero prescrevia: o conto se inicia por uma situação estável que a ação de determinado fator irá desequilibrar. Dessa instabilidade nascerá o interesse do leitor pelo desenvolvimento da história e pela solução do desfecho. O preceito não vale para *Contos canhotos*. Eles são instáveis já no começo. Suas personagens de existência precária, no entanto, são capazes de ousadia nas pequenas aventuras em que se precipitam. Não lhes importa a ausência de proteção de qualquer rede de referências que as proteja no salto. Elas avançam. À frente, só encontram o vazio ou a inquietude das múltiplas possibilidades. O aleatório que defina o que virá.

Brasília emoldura as ações, cenário discreto, mas sempre presente, de andanças e percalços. Pode haver um olho na janela, um passante na rua, mantida assim a distância entre quem narra e o narrado. Mas há vezes em que o narrador narra de si e com fôlego arrasta o leitor em seu mergulho.

Fernando gosta de teatro. Há contos que pedem – e sustentam – uma leitura em voz alta, daquelas em que são pronunciadas todas as sílabas, para afirmação da potência sonora das palavras. Experimente em textos como "Arlete" ou "Os sapatos de Chaplin".

Fernando gosta de Georg Büchner, primeiro a retratar em peça a tragédia das classes sociais desfavorecidas, conferindo-lhes tratamento digno, nutrido pela compaixão, pelo reconhecimento do horror e da injustiça a que foram condenadas. Do escritor alemão, adaptou a memorável tragicomédia *Woyzeck*.

A ficção de Fernando Marques figura, com raiva de uns e empatia por outros, a alienação e a espoliação. Suas personagens, porém – ao contrário do soldado Woyzeck, incapaz sequer de pensar em defender-se, tamanha a opressão que o dominava –, montam seus revides e defesas, a partir do lugar onde foram colocadas. Se vivem suas misérias, vivem também seus arrojos: "Quem sofre, pensa".

Contos perpassados pela sensação de desacordo entre homem e universo, por eles desfilam tipos que enfrentam a vida solitariamente em individuação absoluta. São descolados, mas na acepção inversa da emprestada ao termo pelo mundo *fashion*. Para eles não se trata de opção. Nada existe de seguro ou estável onde se possam prender. Quando, em "Entre parênteses: reflexões vadias", nos deparamos com ardilosa pergunta, desconfiamos que ela esteve insinuada ou submersa ao longo dos contos todos que lemos: "Que porção em nós conspira contra nós?". Pois é. Fernando Marques é literário até em pensamento.

Sobre os textos

"Pecado", "Espoliação", "Messias", "Dermatologia", "Arlete" e "Ouro de mina" foram escritos entre 1982 e 1987. "Pecado" (então intitulado "Fominha") e "Dermatologia" estão entre os "Seis contos canhotos" divulgados na internet, a partir de março de 2004, no número 1 da revista eletrônica de contos *Bestiario*. "Espoliação", "Messias", "Arlete" e "Ouro de mina" são inéditos.

"Café", de 1988, foi originalmente publicado no *Correio Braziliense* (Caderno Dois, coluna Artigo Definido) a 05-11-1993.

"Carrancas" (1988) também saiu no *Correio Braziliense* (Dois, Artigo Definido), a 27-08-1993.

"Xampu" (1989) foi publicado no *Correio Braziliense* (Dois, Artigo Definido) a 08-10-1993 e, em março de 2004, na revista *Bestiario*.

"Antes do samba" e "Assim se faz literatura" foram escritos entre 1990 e 1991 e também integram o grupo dos contos divulgados em *Bestiario*.

"Estudo em vermelho" saiu sob outro título ("Uma história de sangue"), no *Correio Braziliense* (Dois, Artigo Definido), a 24-09-1993.

"Pernas", inédito, é de maio de 1995.

"Reflexões sobre o sexo" saiu no *Correio Braziliense* (Dois, Artigo Definido) a 20-08-1993.

"Os sapatos de Chaplin", inédito, é de 1996.

"Hilário e o neoliberalismo do amor" apareceu na revista *Classe A*, de Brasília, em maio de 2000.

"Noturno", inédito, teve a sua primeira versão em dezembro de 2001; revisto em dezembro de 2003.

"Pizzarelli na danceteria", o primeiro conto da tríade composta ainda por "No hospital" e "Na delegacia", é de junho de 2002. Saiu no *Correio Braziliense* (suplemento Pensar) a 04-10-2003. Foi republicado no jornal *Rascunho* com os dois outros contos (então inéditos e chamados "Pizzarelli no hospital" e "Pizzarelli na delegacia"), sob o título geral de "Três contos canhotos", em fevereiro de 2004; e, isoladamente, na *Antologia do conto brasiliense*, livro organizado por Ronaldo Cagiano (Projecto, 2004). "No hospital" e "Na delegacia" são de novembro de 2003.

"Entre parênteses: reflexões vadias", inédito, é de abril de 2003.

"Louco" é de julho de 2003. Originalmente publicado (ao lado de "Deus por equívoco") na coletânea *Todas as gerações – o conto brasiliense contemporâneo*, organizada por Ronaldo Cagiano (LGE, 2006).

"Coisinha" é de fevereiro de 2004 e consta dos "Seis contos canhotos" publicados em *Bestiario*.

"Céu", na origem um poema escrito em 2000, saiu na forma de miniconto no *Correio Braziliense* (Caderno C) a 21-04-2004.

"Deus por equívoco", de maio de 2005, foi originalmente publicado em *Todas as gerações*.

"A pena e a náusea", inédito, foi escrito em fevereiro de 2006.

"Breve dissertação sobre liberdade e revelia", inédito, é de novembro de 2008.

Em apoio à sustentabilidade e à preservação ambiental, a LGE Editora declara que este livro foi impresso com papel produzido a partir de florestas cultivadas em áreas não degradadas e que é inteiramente reciclável.